LE DIABLE AU CORPS

RAYMOND RADIGUET

Le Diable au corps

ÉDITION PRÉFACÉE, ANNOTÉE ET COMMENTÉE
PAR DANIEL LEUWERS

LE LIVRE DE POCHE

Professeur d'Université, Daniel Leuwers est l'auteur d'ou-
vrages sur René Char, Pierre Jean Jouve, Yves Bonnefoy et
Arthur Rimbaud, d'essais sur la poésie contemporaine (*Intro-
duction à la poésie moderne*, Dunod ; *L'Accompagnateur*, Sud ;
Rimbaud manifeste, Ellipses) et de nombreuses éditions critiques, notamment des *Poésies* de Mallarmé au Livre de Poche.

© Librairie Générale Française, 1987 et 1998.
ISBN : 978-2-253-00669-5 - 1re publication LGF

PRÉFACE

Le Diable au corps a longtemps été paré d'une aura de scandale. Mes parents parlaient de cette œuvre comme d'un monument d'immoralité et, plus qu'au livre paru en 1923, ils devaient faire allusion au film de Claude Autant-Lara où Gérard Philipe, en jeune adolescent, conquérait Micheline Presle, femme un peu moins jeune dont le mari avait la malchance d'être en âge de combattre sur le front. Quand le chat s'en va, les souris dansent. Ici, c'était plutôt : quand l'un fait la guerre, les autres font l'amour. Le film d'Autant-Lara était sorti sur les écrans en 1947, peu de temps après la seconde guerre mondiale, et il venait insidieusement ranimer les querelles suscitées par la publication du roman de Radiguet au terme de la première guerre. La symétrie me semble aujourd'hui étrange — et significative. N'a-t-il pas toujours été tentant pour un créateur de démontrer que l'indécence et l'immoralité ne sont pas du côté qu'on croit ? La passion charnelle d'une femme adultère est-elle bien plus répréhensible qu'une guerre absurde et meurtrière ? Raymond Radiguet a, en fait, tendu un redoutable piège à ses lecteurs : il semble au premier abord les inviter à être les spectateurs d'un choquant adultère, mais il désigne plus profondément la guerre comme la grande responsable. Son roman analyse méticuleusement les effets, mais il fait silence sur les causes. Et c'est ce silence qui mérite surtout d'être médité.

Je dois avouer que le diable n'a cessé de baliser le monde de mon enfance. Combien de fois n'a-t-il pas été invoqué par mes parents dans le but douteux de calmer une angoisse ou d'assurer le triomphe de l'interdit ? Ce diable qu'on menaçait toujours de faire venir et qui heureusement ne venait jamais finit par se transformer en un compagnon familier. Le vocabulaire avait le merveilleux pouvoir de l'apprivoiser. « Ce diable d'homme », « il a une force diabolique », « que diable ! » : autant d'expressions où le diable devenait presque un allié bénéfique. Pourtant j'avais beau tenter d'apprivoiser le diable, celui-ci reprenait quelquefois son masque terrifiant. Certaines expressions demeuraient de diaboliques îlots de résistance. Lorsque ma mère disait de moi et de mon frère que nous avions « le diable dans la peau », cela me terrifiait et me ramenait vers cet énigmatique *Diable au corps*, objet d'une condamnation implicite que je faisais mienne. Des forces mauvaises se logeaient-elles dans mon corps, sous ma peau, et avaient-elles quelque parenté avec ces « esprits animaux » dont on me parlait au collège ? Il faut dire que la religion donnait quelque cohérence à mon interrogation, en opérant une manichéenne distinction entre l'âme toute de pureté et le corps prompt à pactiser avec le mal, à être la proie de passions charnelles condamnables...

Lorsque j'entrepris de lire, assez tardivement (comme si un interdit continuait de peser sur moi), *Le Diable au corps*, je fus d'abord surpris par sa fraîcheur et presque son innocence. Où était donc le diable ? Le corps que Marthe offre à son jeune amant ne m'apparaissait nullement comme coupable. Au contraire, je m'émerveillais de le voir chercher le plaisir avec le plus grand naturel et sans l'ombre malfaisante du péché. Pourtant l'amant — qui est le narrateur du livre et le seul analyste de la situation — commençait à m'inquiéter. Plutôt que de se laisser aller aux délices de la sensualité, je le sentais enclin à la destruction et à ses maléfices. A l'instant de la jouissance, je le voyais prendre peur que Marthe n'appartienne davantage à Jacques, son pauvre mari retenu sur le front, qu'à lui-même ! Pente inéluctable : le voilà qui s'installe non seulement dans des tourments qui le minent, mais qu'il les détourne sur Marthe qui devient peu à peu une victime expiatoire. Tandis que Marthe s'offre à lui avec générosité et va jusqu'à lui donner un enfant, le narrateur la conduit avec cruauté au sacrifice et à la mort.

Non, me disais-je, ce roman, ce n'est pas « le diable au corps », mais plutôt « le diable à l'âme » ! Les corps sont prêts aux étreintes les plus innocentes (le narrateur en fait l'expérience avec Svéa, l'amie de Marthe), mais c'est l'âme qui est malade. Le narrateur suscite chez Marthe un état passionnel, tout en se préparant lui-même à la quitter un jour, sans douleur. Sa réussite est magistrale, mais on pourra toujours se demander si la froideur cruelle avec laquelle il procède fut bien la sienne au moment où il vivait auprès de Marthe ou si elle n'est qu'une façade destinée à donner le change à une émotion difficile à contenir après que la tragédie est allée à son terme. C'est la première hypothèse qui me semble, hélas ! devoir s'imposer (hélas ! pour Marthe). Et le ton autojustificatif qui caractérise le début du roman me paraît être une explication préventive de la cruauté diabolique qui a fait le siège de son âme. « Je vais encourir bien des reproches. Mais qu'y puis-je ? » questionne d'emblée le narrateur, avant d'avancer cette réponse qui est plus affirmative qu'interrogative : « Est-ce ma faute si j'eus douze ans quelques mois avant la déclaration de la guerre ? »

Le narrateur du *Diable au corps* réalise d'entrée un singulier tour de force. Il désigne la guerre comme la seule responsable de son comportement. Et pourtant, de cette guerre, il ne sera pratiquement jamais question dans le livre, si ce n'est pour signaler que beaucoup d'enfants y trouvèrent prétexte à « quatre ans de grandes vacances » ! D'ailleurs, le paradoxe du roman, c'est que celui qui avait toutes les chances de rencontrer la mort, Jacques, rejoint son foyer au moment où celle qui vivait à l'abri, loin du front, s'y éteint. Il y a là une inversion des rôles qui donne tout son sens au livre. Si la guerre n'est pas présente dans *Le Diable au corps* (qui, en cela, diffère radicalement du *Feu* d'Henri Barbusse, des *Croix de bois* de Roland Dorgelès et même de *Thomas l'imposteur* de Jean Cocteau), elle est profondément et symboliquement inscrite dans les rapports que le narrateur entretient avec Marthe. À défaut de nous entraîner sur le front, Radiguet nous convie au spectacle d'une guerre passionnelle qui reflète la cruauté aveugle dont l'univers a soudain été gagné. Le silence qui, dans *Le Diable au corps*, répond étrangement au bruit et à la fureur guerrière est en fait une immense caisse de résonance où l'enfer passionnel plante ses discrètes mais diaboliques croix de bois sur des champs de bataille que laboure l'imposture.

Daniel LEUWERS.

LE DIABLE AU CORPS [1]

1. Le texte que nous reproduisons est celui de la première
édition de 1923, chez Bernard Grasset.

Je vais encourir bien des reproches. Mais qu'y puis-je ? Est-ce ma faute si j'eus douze ans quelques mois avant la déclaration de la guerre ? Sans doute, les troubles qui me vinrent de cette période extraordinaire furent d'une sorte qu'on n'éprouve jamais à cet âge ; mais comme il n'existe rien d'assez fort pour nous vieillir malgré les apparences, c'est en enfant que je devais me conduire dans une aventure où déjà un homme eût éprouvé de l'embarras. Je ne suis pas le seul. Et mes camarades garderont de cette époque un souvenir qui n'est pas celui de leurs aînés. Que ceux déjà qui m'en veulent se représentent ce que fut la guerre pour tant de très jeunes garçons : quatre ans de grandes vacances.

Nous habitions à F..., au bord de la Marne.

Mes parents condamnaient plutôt la camaraderie mixte. La sensualité, qui naît avec nous et se manifeste encore aveugle, y gagna au lieu d'y perdre.

Je n'ai jamais été un rêveur. Ce qui semble rêve aux autres, plus crédules, me paraissait à moi aussi réel que le fromage au chat, malgré la cloche de verre. Pourtant la cloche existe.

La cloche se cassant, le chat en profite, même si ce sont ses maîtres qui la cassent et s'y coupent les mains.

Jusqu'à douze ans, je ne me vois aucune amourette, sauf pour une petite fille, nommée Carmen, à qui je fis tenir, par un gamin plus jeune que moi, une lettre dans laquelle je lui exprimais mon amour. Je m'autorisais de cet amour pour solliciter un rendez-vous. Ma lettre

« *Nous habitions à F..., au bord de la Marne.* »
La Marne et l'île d'Amour, au début du XXᵉ siècle.

lui avait été remise le matin avant qu'elle se rendît en classe. J'avais distingué la seule fillette qui me ressemblât, parce qu'elle était propre, et allait à l'école accompagnée d'une petite sœur, comme moi de mon petit frère. Afin que ces deux témoins se tussent, j'imaginai de les marier, en quelque sorte. À ma lettre, j'en joignis donc une de la part de mon frère, qui ne savait pas écrire, pour Mlle Fauvette. J'expliquai à mon frère mon entremise, et notre chance de tomber juste sur deux sœurs de nos âges et douées de noms de baptême aussi exceptionnels. J'eus la tristesse de voir que je ne m'étais pas mépris sur le bon genre de Carmen, lorsque après avoir déjeuné, avec mes parents qui me gâtaient et ne me grondaient jamais, je rentrai en classe.

À peine mes camarades à leurs pupitres — moi en haut de la classe, accroupi pour prendre dans un placard, en ma qualité de premier, les volumes de la lecture à haute voix —, le directeur entra. Les élèves se levèrent. Il tenait une lettre à la main. Mes jambes fléchirent, les volumes tombèrent, et je les ramassai, tandis que le directeur s'entretenait avec le maître. Déjà, les élèves des premiers bancs se tournaient vers moi, écarlate, au fond de la classe, car ils entendaient chuchoter mon nom. Enfin le directeur m'appela, et pour me punir finement, tout en n'éveillant, croyait-il, aucune mauvaise idée chez les élèves, me félicita d'avoir écrit une lettre de douze lignes sans aucune faute. Il me demanda si je l'avais bien écrite seul, puis il me pria de le suivre dans son bureau. Nous n'y allâmes point. Il me morigéna dans la cour, sous l'averse. Ce qui troubla fort mes notions de morale, fut qu'il considérait comme aussi grave d'avoir compromis la jeune fille (dont les parents lui avaient communiqué ma déclaration), que d'avoir dérobé une feuille de papier à lettres. Il me menaça d'envoyer cette feuille chez moi. Je le suppliai de n'en rien faire. Il céda, mais me dit qu'il conservait la lettre, et qu'à la première récidive il ne pourrait plus cacher ma mauvaise conduite.

Ce mélange d'effronterie et de timidité déroutait les miens et les trompait, comme, à l'école, ma facilité, véritable paresse, me faisait prendre pour un bon élève.

Je rentrai en classe. Le professeur, ironique, m'appela Don Juan [1]. J'en fus extrêmement flatté, surtout de ce qu'il me citât le nom d'une œuvre que je connaissais et que ne connaissaient pas mes camarades. Son « Bonjour, Don Juan » et mon sourire entendu transformèrent la classe à mon égard. Peut-être avait-elle déjà su que j'avais chargé un enfant des petites classes de porter une lettre à une « fille », comme disent les écoliers dans leur dur langage. Cet enfant s'appelait Messager ; je ne l'avais pas élu d'après son nom, mais, quand même, ce nom m'avait inspiré confiance.

---

1. Que le narrateur, surnommé « Don Juan » par son professeur, ait jeté son dévolu sur une Carmen, n'est pas indifférent. Deux images extrêmes de la séduction (celle du héros de Molière transposé à l'opéra par Mozart, celle de l'héroïne de Mérimée magnifiée par l'opéra de Bizet) se télescopent ici pour s'annuler. Et la rêverie sur les noms propres se perpétue avec le choix de « Messager ».

À une heure, j'avais supplié le directeur de ne rien dire à mon père ; à quatre, je brûlais de lui raconter tout. Rien ne m'y obligeait. Je mettrais cet aveu sur le compte de la franchise. Sachant que mon père ne se fâcherait pas, j'étais, somme toute, ravi qu'il connût ma prouesse.

J'avouai donc, ajoutant avec orgueil que le directeur m'avait promis une discrétion absolue (comme à une grande personne). Mon père voulait savoir si je n'avais pas forgé de toutes pièces ce roman d'amour. Il vint chez le directeur. Au cours de cette visite, il parla incidemment de ce qu'il croyait être une farce. — Quoi ? dit alors le directeur surpris et très ennuyé ; il vous a raconté cela ? Il m'avait supplié de me taire, disant que vous le tueriez.

Ce mensonge du directeur l'excusait ; il contribua encore à mon ivresse d'homme. J'y gagnai séance tenante l'estime de mes camarades et des clignements d'yeux du maître. Le directeur cachait sa rancune. Le malheureux ignorait ce que je savais déjà : mon père, choqué par sa conduite, avait décidé de me laisser finir mon année scolaire, et de me reprendre. Nous étions alors au commencement de juin. Ma mère ne voulant pas que cela influât sur mes prix, mes couronnes, se réservait de dire la chose, après la distribution. Ce jour venu, grâce à une injustice du directeur qui craignait confusément les suites de son mensonge, seul de la classe, je reçus la couronne d'or que méritait aussi le prix d'excellence. Mauvais calcul : l'école y perdit ses deux meilleurs élèves, car le père du prix d'excellence retira son fils.

Des élèves comme nous servaient d'appeaux pour en attirer d'autres[1].

Ma mère me jugeait trop jeune pour aller à Henri-IV.

---

1. Servir d'appeau à quelqu'un, c'est se laisser duper, tomber dans le panneau. Ce terme de chasse désigne l'oiseau dressé à attirer d'autres oiseaux.

Dans son esprit, cela voulait dire : pour prendre le train. Je restai deux ans à la maison et travaillai seul.

Je me promettais des joies sans bornes, car, réussissant à faire en quatre heures le travail que ne fournissaient pas en deux jours mes anciens condisciples, j'étais libre plus de la moitié du jour. Je me promenais seul au bord de la Marne qui était tellement notre rivière que mes sœurs disaient, en parlant de la Seine, « une Marne ». J'allais même dans le bateau de mon père, malgré sa défense ; mais je ne ramais pas, et sans m'avouer que ma peur n'était pas celle de lui désobéir, mais la peur tout court. Je lisais, couché dans ce bateau. En 1913 et 1914, deux cents livres y passent. Point ce que l'on nomme de mauvais livres, mais plutôt les meilleurs, sinon pour l'esprit, du moins pour le mérite. Aussi, bien plus tard, à l'âge où l'adolescence méprise les livres de la Bibliothèque rose [1], je pris goût à leur charme enfantin, alors qu'à cette époque je ne les aurais voulu lire pour rien au monde.

Le désavantage de ces récréations alternant avec le travail était de transformer pour moi toute l'année en fausses vacances. Ainsi, mon travail de chaque jour était-il peu de chose, mais, comme, travaillant moins de temps que les autres, je travaillais en plus pendant leurs vacances, ce peu de chose était le bouchon de liège qu'un chat garde toute sa vie au bout de la queue, alors qu'il préférerait sans doute un mois de casserole.

Les vraies vacances approchaient, et je m'en occupais fort peu puisque c'était pour moi le même régime. Le chat regardait toujours le fromage sous la cloche.

---

1. La « Bibliothèque rose » (plutôt destinée aux filles) et la « Bibliothèque verte » (plutôt destinée aux garçons) ont été de célèbres collections pour enfants. La « Bibliothèque rose » donnait à lire les romans de la comtesse de Ségur. On relèvera que le narrateur, qui vit en perpétuel décalage, préfère, adolescent, les livres pour enfants, tout comme il se conduira bientôt en enfant dans une aventure d'homme.

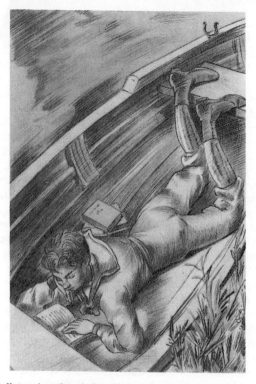

« J'allais même dans le bateau de mon père, malgré sa défense ;
mais je ne ramais pas... Je lisais, couché... »

Illustration de Suzanne Ballivet, 1948.

Mais vint la guerre. Elle brisa la cloche. Les maîtres
eurent d'autres chats à fouetter et le chat se réjouit.

À vrai dire, chacun se réjouissait en France. Les
enfants, leurs livres de prix sous le bras, se pressaient
devant les affiches. Les mauvais élèves profitaient du
désarroi des familles.

Nous allions chaque jour, après dîner, à la gare de
J..., à deux kilomètres de chez nous, voir passer les
trains militaires. Nous emportions des campanules et

« Nous allions chaque jour, après dîner, à la gare de J..., à deux kilomètres de chez nous, voir passer les trains militaires. »

Départ des troupes françaises en 1914.

nous les lancions aux soldats. Des dames en blouse versaient du vin rouge dans les bidons et en répandaient des litres sur le quai jonché de fleurs. Tout cet ensemble me laisse un souvenir de feu d'artifice. Et jamais tant de vin gaspillé, de fleurs mortes. Il fallut pavoiser les fenêtres de notre maison.

Bientôt, nous n'allâmes plus à J... Mes frères et mes sœurs commençaient d'en vouloir à la guerre, ils la trouvaient longue. Elle leur supprimait le bord de la mer. Habitués à se lever tard, il leur fallait acheter les journaux à six heures. Pauvre distraction ! Mais vers le vingt août, ces jeunes monstres reprennent espoir. Au lieu de quitter la table où les grandes personnes s'attardent, ils y restent pour entendre mon père parler de départ. Sans doute n'y aurait-il plus de moyens de transport. Il faudrait voyager très loin à bicyclette. Mes frères plaisantent ma petite sœur. Les roues de sa bicyclette ont à peine quarante centimètres de diamètre : « On te laissera seule sur la route. » Ma sœur sanglote. Mais quel entrain pour astiquer les machines ! Plus de paresse. Ils proposent de réparer la mienne. Ils se lèvent dès l'aube pour connaître les nouvelles. Tandis que chacun s'étonne, je découvre enfin les mobiles de ce patriotisme : un voyage à bicyclette ! jusqu'à la mer ! et une mer plus loin, plus jolie que d'habitude. Ils eussent brûlé Paris pour partir plus vite. Ce qui terrifiait l'Europe était devenu leur unique espoir.

L'égoïsme des enfants est-il si différent du nôtre ? L'été, à la campagne, nous maudissons la pluie qui tombe, et les cultivateurs la réclament.

Il est rare qu'un cataclysme se produise sans phénomènes avant-coureurs. L'attentat autrichien[1], l'orage du procès Caillaux répandaient une atmosphère irrespirable, propice à l'extravagance. Aussi mon vrai souvenir de guerre précède la guerre.

Voici comment :

Nous nous moquions, mes frères et moi, d'un de nos voisins, bonhomme grotesque, nain à barbiche blanche et à capuchon, conseiller municipal, nommé Maréchaud. Tout le monde l'appelait le père Maréchaud. Bien que porte à porte, nous nous défendions de le saluer, ce dont il enrageait si fort, qu'un jour, n'y tenant plus, il nous aborda sur la route et nous dit : « Eh bien ! on ne salue pas un conseiller municipal ? » Nous nous sauvâmes. A partir de cette impertinence, les hostilités furent déclarées. Mais que pouvait contre nous un conseiller municipal ? En revenant de l'école, et en y allant, mes frères tiraient sa sonnette, avec d'autant plus d'audace que le chien, qui pouvait avoir mon âge, n'était pas à craindre.

---

1. L'« attentat autrichien » désigne l'assassinat, le 28 juin 1914 à Sarajevo (Yougoslavie), de l'archiduc François-Ferdinand d'Autriche — événement qui hâta le déclenchement de la guerre. Quant au « procès Caillaux », c'est très précisément celui de Mme Caillaux, épouse du ministre des Finances, accusée d'avoir assassiné en 1914 Calmette, le directeur du *Figaro* qui menait une virulente campagne contre son mari. Celui-ci, Joseph Caillaux (né en 1863), ne cessait d'être attaqué par *Le Figaro* en raison de son opposition à la guerre et de son action ministérielle en faveur d'un impôt progressif sur le revenu.

L'ARCHIDUC FRANÇOIS-
Le 28 juin 1914, l'archiduc François-Ferdinand était assassiné. Le
voici, debout au milieu de ses en-

FERDINAND EN FAMILLE
fants et de sa femme, la duchesse
de Hohenberg, qui succomba elle
aussi sous les coups de Prinzip.

L'ARRESTATION DE PRINZIP
Pâle et défait comme s'il avait soudain conscience de l'ef-
froyable calamité qu'il allait déchaîner sur le monde, Prinzip
se laissa conduire sans résister au poste de police où on l'écroua.

ON EMMÈNE UN COMPLICE
Tous les Serbes suspects de complicité dans l'attentat
furent également arrêtés et traités avec beaucoup de rigueur.
Malgré une résistance acharnée, celui-ci est conduit à la prison.

L'attentat de Sarajevo, cause de la guerre. En haut, l'Archiduc François-
Ferdinand et sa famille. En bas, arrestation des auteurs de l'attentat.
L'Illustration, juillet 1914.

La veille du 14 juillet 1914, en allant à la rencontre
de mes frères, quelle ne fut pas ma surprise de voir un
attroupement devant la grille des Maréchaud. Quelques
tilleuls élagués cachaient mal leur villa au fond du jardin. Depuis deux heures de l'après-midi, leur jeune
bonne étant devenue folle se réfugiait sur le toit et refusait de descendre. Déjà les Maréchaud, épouvantés par

le scandale, avaient clos leurs volets, si bien que le tragique de cette folle sur un toit s'augmentait de ce que la maison parût abandonnée. Des gens criaient, s'indignaient que ses maîtres ne fissent rien pour sauver cette malheureuse. Elle titubait sur les tuiles, sans, d'ailleurs, avoir l'air d'une ivrogne. J'eusse voulu pouvoir rester là toujours, mais notre bonne, envoyée par ma mère, vint nous rappeler au travail. Sans cela, je serais privé de fête. Je partis la mort dans l'âme, et priant Dieu que la bonne fût encore sur le toit, lorsque j'irais chercher mon père à la gare.

Elle était à son poste, mais les rares passants revenaient de Paris, se dépêchaient pour rentrer dîner, et ne pas manquer le bal. Ils ne lui accordaient qu'une minute distraite.

Du reste, jusqu'ici, pour la bonne, il ne s'agissait encore que de répétition plus ou moins publique. Elle devait débuter le soir, selon l'usage, les girandoles lumineuses lui formant une véritable rampe. Il y avait à la fois celles de l'avenue et celles du jardin, car les Maréchaud, malgré leur absence feinte, n'avaient osé se dispenser d'illuminer, comme notables. Au fantastique de cette maison du crime, sur le toit de laquelle se promenait, comme sur un pont de navire pavoisé, une femme aux cheveux flottants, contribuait beaucoup la voix de cette femme : inhumaine, gutturale, d'une douceur qui donnait la chair de poule.

Les pompiers d'une petite commune étant des « volontaires », ils s'occupent tout le jour d'autre chose que de pompes. C'est le laitier, le pâtissier, le serrurier, qui, leur travail fini, viendront éteindre l'incendie, s'il ne s'est pas éteint de lui-même. Dès la mobilisation, nos pompiers formèrent en outre une sorte de milice mystérieuse faisant des patrouilles, des manœuvres et des rondes de nuit. Ces braves arrivèrent enfin et fendirent la foule.

Une femme s'avança. C'était l'épouse d'un conseiller municipal, adversaire de Maréchaud, et qui, depuis quelques minutes, s'apitoyait bruyamment sur la folle.

Elle fit des recommandations au capitaine : « Essayez de la prendre par la douceur ; elle en est tellement privée, la pauvre petite, dans cette maison où on la bat. Surtout, si c'est la crainte d'être renvoyée, de se trouver sans place, qui la fait agir, dites-lui que je la prendrai chez moi. Je lui doublerai ses gages. »

Cette charité bruyante produisit un effet médiocre sur la foule. La dame l'ennuyait. On ne pensait qu'à la capture. Les pompiers, au nombre de six, escaladèrent la grille, cernèrent la maison, grimpant de tous les côtés. Mais à peine l'un d'eux apparut-il sur le toit, que la foule, comme les enfants à Guignol, se mit à vociférer, à prévenir la victime.

— Taisez-vous donc ! criait la dame, ce qui excitait les « En voilà un ! En voilà un ! » du public. À ces cris, la folle, s'armant de tuiles, en envoya une sur le casque du pompier parvenu au faîte. Les cinq autres redescendirent aussitôt.

Tandis que les tirs, les manèges, les baraques, place de la Mairie, se lamentaient de voir si peu de clientèle, une nuit où la recette devait être fructueuse, les plus hardis voyous escaladaient les murs et se pressaient sur la pelouse pour suivre la chasse. La folle disait des choses que j'ai oubliées, avec cette profonde mélancolie résignée que donne aux voix la certitude qu'on a raison, que tout le monde se trompe. Les voyous, qui préféraient ce spectacle à la foire, voulaient cependant combiner les plaisirs. Aussi, tremblant que la folle fût prise en leur absence, couraient-ils faire vite un tour de chevaux de bois. D'autres, plus sages, installés sur les branches des tilleuls, comme pour la revue de Vincennes, se contentaient d'allumer des feux de Bengale, des pétards.

On imagine l'angoisse du couple Maréchaud, chez soi, enfermé au milieu de ce bruit et de ces lueurs.

Le conseiller municipal, époux de la dame charitable, grimpé sur le petit mur de la grille, improvisait un discours sur la couardise des propriétaires. On l'applaudit.

Croyant que c'était elle qu'on applaudissait, la folle saluait, un paquet de tuiles sous chaque bras, car elle en jetait une chaque fois que miroitait un casque. De sa voix inhumaine, elle remerciait qu'on l'eût enfin comprise. Je pensai à quelque fille, capitaine corsaire, restant seule sur son bateau qui sombre.

La foule se dispersait, un peu lasse. J'avais voulu rester avec mon père, tandis que ma mère, pour assouvir ce besoin de mal au cœur qu'ont les enfants, conduisait les siens de manège en montagnes russes. Certes, j'éprouvais cet étrange besoin plus vivement que mes frères. J'aimais que mon cœur batte vite et irrégulièrement. Ce spectacle, d'une poésie profonde, me satisfaisait davantage. « Comme tu es pâle », avait dit ma mère. Je trouvai le prétexte des feux de Bengale. Ils me donnaient, dis-je, une couleur verte.

— Je crains tout de même que cela l'impressionne trop, dit-elle à mon père.

— Oh, répondit-il, personne n'est plus insensible. Il peut regarder n'importe quoi, sauf un lapin qu'on écorche.

Mon père disait cela pour que je restasse. Mais il savait que ce spectacle me bouleversait. Je sentais qu'il le bouleversait aussi. Je lui demandai de me prendre sur ses épaules pour mieux voir. En réalité, j'allais m'évanouir, mes jambes ne me portaient plus.

Maintenant on ne comptait qu'une vingtaine de personnes. Nous entendîmes les clairons. C'était la retraite aux flambeaux.

Cent torches éclairaient soudain la folle, comme, après la lumière douce des rampes, le magnésium éclate pour photographier une nouvelle étoile. Alors, agitant ses mains en signe d'adieu, et croyant à la fin du monde, ou simplement qu'on allait la prendre, elle se jeta du toit, brisa la marquise dans sa chute, avec un fracas épouvantable, pour venir s'aplatir sur les marches de pierre. Jusqu'ici j'avais essayé de supporter tout, bien que mes oreilles tintassent et que le cœur me manquât. Mais quand j'entendis des gens crier : « Elle vit encore », je tombai, sans connaissance, des épaules de mon père.

Revenu à moi, il m'entraîna au bord de la Marne. Nous y restâmes très tard, en silence, allongés dans l'herbe.

Au retour, je crus voir derrière la grille une silhouette blanche, le fantôme de la bonne ! C'était le père Maréchaud en bonnet de coton, contemplant les dégâts, sa marquise, ses tuiles, ses pelouses, ses massifs, ses marches couvertes de sang, son prestige détruit.

Si j'insiste sur un tel épisode, c'est qu'il fait comprendre mieux que tout autre l'étrange période de la guerre, et combien, plus que le pittoresque, me frappait la poésie des choses.

Nous entendîmes le canon. On se battait près de Meaux. On racontait que des uhlans [1] avaient été capturés près de Lagny, à quinze kilomètres de chez nous. Tandis que ma tante parlait d'une amie, enfuie dès les premiers jours, après avoir enterré dans son jardin des pendules, des boîtes de sardines, je demandai à mon père le moyen d'emporter nos vieux livres ; c'est ce qu'il me coûtait le plus de perdre.

Enfin, au moment où nous nous apprêtions à la fuite, les journaux nous apprirent que c'était inutile.

Mes sœurs, maintenant, allaient à J... porter des paniers de poires aux blessés. Elles avaient découvert un dédommagement, médiocre il est vrai, à tous leurs beaux projets écroulés. Quand elles arrivaient à J..., les paniers étaient presque vides !

Je devais entrer au lycée Henri-IV ; mais mon père préféra me garder encore un an à la campagne. Ma seule distraction de ce morne hiver fut de courir chez notre marchande de journaux, pour être sûr d'avoir un exemplaire du *Mot* [2], journal qui me plaisait et paraissait le samedi. Ce jour-là, je n'étais jamais levé tard.

Mais le printemps arriva, qu'égayèrent mes premières incartades. Sous prétexte de quêtes, ce printemps, plusieurs fois, je me promenai, endimanché, une jeune personne à ma droite. Je tenais le tronc ; elle, la corbeille d'insignes. Dès la seconde quête, des confrères m'apprirent à profiter de ces journées libres

---

1. Les « uhlans » sont des cavaliers lanciers servant dans l'armée allemande.   **2.** Célèbre journal satirique de l'époque.

où l'on me jetait dans les bras d'une petite fille. Dès lors, nous nous empressions de recueillir, le matin, le plus d'argent possible, remettions à midi notre récolte à la dame patronnesse et allions toute la journée polissonner sur les coteaux de Chennevières. Pour la première fois, j'eus un ami. J'aimais à quêter avec sa sœur. Pour la première fois, je m'entendais avec un garçon aussi précoce que moi, admirant même sa beauté, son effronterie. Notre mépris commun pour ceux de notre âge nous rapprochait encore. Nous seuls, nous jugions capables de comprendre les choses ; et, enfin, nous seuls, nous trouvions dignes des femmes. Nous nous croyions des hommes. Par chance, nous n'allions pas être séparés. René allait au lycée Henri-IV, et je serais dans sa classe, en troisième. Il ne devait pas apprendre le grec ; il me fit cet extrême sacrifice de convaincre ses parents de le lui laisser apprendre. Ainsi, nous serions toujours ensemble. Comme il n'avait pas fait sa première année, c'était s'obliger à des répétitions particulières. Les parents de René n'y comprirent rien, qui, l'année précédente, devant ses supplications, avaient consenti à ce qu'il n'étudiât pas le grec. Ils y virent l'effet de ma bonne influence, et, s'ils supportaient ses autres camarades, j'étais, du moins, le seul ami qu'ils approuvassent.

Pour la première fois, nul jour des vacances de cette année ne me fut pesant. Je connus donc que personne n'échappe à son âge, et que mon dangereux mépris s'était fondu comme glace dès que quelqu'un avait bien voulu prendre garde à moi, de la façon qui me convenait. Nos communes avances raccourcirent de moitié la route que l'orgueil de chacun de nous avait à faire.

Le jour de la rentrée des classes, René me fut un guide précieux.

Avec lui tout me devenait plaisir, et moi qui, seul, ne pouvais avancer d'un pas, j'aimais faire à pied, deux

Le lycée Henri-IV.

fois par jour, le trajet qui sépare Henri-IV de la gare de la Bastille, où nous prenions notre train.

Trois ans passèrent ainsi, sans autre amitié et sans autre espoir que les polissonneries du jeudi — avec les petites filles que les parents de mon ami nous fournissaient innocemment, invitant ensemble à goûter les amis de leur fils et les amies de leur fille —, menues faveurs que nous dérobions, et qu'elles nous dérobaient, sous prétexte de jeux à gages.

La belle saison venue, mon père aimait à nous emmener, mes frères et moi, dans de longues promenades. Un de nos buts favoris était Ormesson, et de suivre le Morbras, rivière large d'un mètre, traversant des prairies où poussent des fleurs qu'on ne rencontre nulle part ailleurs, et dont j'ai oublié le nom. Des touffes de cresson ou de menthe cachent au pied qui se hasarde l'endroit où commence l'eau. La rivière charrie au printemps des milliers de pétales blancs et roses. Ce sont les aubépines.

Un dimanche d'avril 1917, comme cela nous arrivait souvent, nous prîmes le train pour La Varenne, d'où nous devions nous rendre à pied à Ormesson. Mon père me dit que nous retrouverions à La Varenne des gens agréables, les Grangier. Je les connaissais pour avoir vu le nom de leur fille, Marthe, dans le catalogue d'une exposition de peinture. Un jour, j'avais entendu mes parents parler de la visite d'un M. Grangier. Il était venu, avec un carton empli des œuvres de sa fille, âgée de dix-huit ans. Marthe était malade. Son père aurait voulu lui faire une surprise : que ses aquarelles figurassent dans une exposition de charité dont ma mère était présidente. Ces aquarelles étaient sans nulle recherche ; on y sentait la bonne élève du cours de dessin, tirant la langue, léchant les pinceaux.

Sur le quai de la gare de La Varenne, les Grangier nous attendaient. M. et Mme Grangier devaient être du même âge, approchant de la cinquantaine. Mais Mme Grangier paraissait l'aînée de son mari ; son inélégance, sa taille courte, firent qu'elle me déplut au premier coup d'œil.

Au cours de cette promenade, je devais remarquer qu'elle fronçait souvent les sourcils, ce qui couvrait son front de rides auxquelles il fallait une minute pour disparaître. Afin qu'elle eût tous les motifs de me déplaire, sans que je me reprochasse d'être injuste, je souhaitais qu'elle employât des façons de parler assez communes. Sur ce point, elle me déçut.

Le père, lui, avait l'air d'un brave homme, ancien sous-officier, adoré de ses soldats. Mais où était Marthe ? Je tremblais à la perspective d'une promenade sans autre compagnie que celle de ses parents. Elle devait venir par le prochain train, « dans un quart d'heure, expliqua Mme Grangier, n'ayant pu être prête à temps. Son frère arriverait avec elle ».

Quand le train entra en gare, Marthe était debout sur le marchepied du wagon. « Attends bien que le train s'arrête », lui cria sa mère... Cette imprudente me charma.

Sa robe, son chapeau, très simples, prouvaient son peu d'estime pour l'opinion des inconnus. Elle donnait la main à un petit garçon qui paraissait avoir onze ans. C'était son frère, enfant pâle, aux cheveux d'albinos, et dont tous les gestes trahissaient la maladie.

Sur la route, Marthe et moi marchions en tête. Mon père marchait derrière, entre les Grangier.

Mes frères, eux, bâillaient, avec ce nouveau petit camarade chétif, à qui l'on défendait de courir.

Comme je complimentais Marthe sur ses aquarelles, elle me répondit modestement que c'étaient des études. Elle n'y attachait aucune importance. Elle me montrerait mieux, des fleurs « stylisées ». Je jugeai bon, pour la première fois, de ne pas lui dire que je trouvais ces sortes de fleurs ridicules.

Sous son chapeau elle ne pouvait bien me voir. Moi, je l'observais.

— Vous ressemblez peu à madame votre mère, lui dis-je.

C'était un madrigal.

— On me le dit quelquefois ; mais, quand vous

viendrez à la maison, je vous montrerai des photographies de maman lorsqu'elle était jeune, je lui ressemble beaucoup.

Je fus attristé de cette réponse, et je priai Dieu de ne point voir Marthe quand elle aurait l'âge de sa mère.

Voulant dissiper le malaise de cette réponse pénible, et ne comprenant pas que, pénible, elle ne pouvait l'être que pour moi, puisque heureusement, Marthe ne voyait point sa mère avec mes yeux, je lui dis :

— Vous avez tort de vous coiffer de la sorte, les cheveux lisses vous iraient mieux.

Je restai terrifié, n'ayant jamais dit pareille chose à une femme. Je pensais à la façon dont j'étais coiffé, moi.

— Vous pourrez le demander à maman (comme si elle avait besoin de se justifier !) ; d'habitude, je ne me coiffe pas si mal, mais j'étais déjà en retard et je craignais de manquer le second train. D'ailleurs, je n'avais pas l'intention d'ôter mon chapeau.

« Quelle fille était-ce donc, pensais-je, pour admettre qu'un gamin la querelle à propos de ses mèches ? »

J'essayais de deviner ses goûts en littérature ; je fus heureux qu'elle connût Baudelaire et Verlaine, charmé de la façon dont elle aimait Baudelaire, qui n'était pourtant pas la mienne. J'y discernais une révolte. Ses parents avaient fini par admettre ses goûts. Marthe leur en voulait que ce fût par tendresse. Son fiancé, dans ses lettres, lui parlait de ce qu'il lisait, et s'il lui conseillait certains livres, il lui en défendait d'autres. Il lui avait défendu *Les Fleurs du mal*. Désagréablement surpris d'apprendre qu'elle était fiancée, je me réjouis de savoir qu'elle désobéissait à un soldat assez nigaud pour craindre Baudelaire. Je fus heureux de sentir qu'il devait souvent choquer Marthe. Après la première surprise désagréable, je me félicitai de son étroitesse, d'autant mieux que j'eusse craint, s'il avait lui aussi goûté *Les Fleurs du mal*, que leur futur appartement ressemblât à celui de *La Mort des amants*[1]. Je me demandai ensuite ce que cela pouvait bien me faire.

Son fiancé lui avait aussi défendu les académies de dessin. Moi qui n'y allais jamais, je lui proposai de l'y conduire, ajoutant que j'y travaillais souvent. Mais, craignant ensuite que mon mensonge fût découvert, je la priai de n'en point parler à mon père. Il ignorait, dis-je, que je manquais des cours de gymnastique pour me rendre à la Grande-Chaumière. Car je ne voulais pas qu'elle pût se figurer que je cachais l'académie à mes parents, parce qu'ils me défendaient de voir des femmes nues. J'étais heureux qu'il se fît un secret entre nous, et moi, timide, me sentais déjà tyrannique avec elle.

J'étais fier aussi d'être préféré à la campagne, car nous n'avions pas encore fait allusion au décor de notre promenade. Quelquefois ses parents l'appelaient : « Regarde, Marthe, à ta droite, comme les coteaux de Chennevières sont jolis », ou bien, son frère s'approchait d'elle et lui demandait le nom d'une fleur qu'il venait de cueillir. Elle leur accordait d'attention distraite juste assez pour qu'ils ne se fâchassent point.

Nous nous assîmes dans les prairies d'Ormesson. Dans ma candeur, je regrettais d'avoir été si loin, et d'avoir tellement précipité les choses. « Après une conversation moins sentimentale, plus naturelle, pensai-je, je pourrais éblouir Marthe, et m'attirer la bienveillance de ses parents, en racontant le passé de ce village. » Je m'en abstins. Je croyais avoir des raisons profondes, et pensais qu'après tout ce qui s'était passé, une conversation tellement en dehors de nos inquiétudes communes ne pourrait que rompre le charme. Je croyais qu'il s'était passé des choses graves. C'était d'ailleurs vrai, simplement, je le sus dans la suite, parce que Marthe avait faussé notre conversation dans le même sens que moi. Mais moi qui ne pouvais m'en

---

1. Paru en 1857, le célèbre recueil de Baudelaire fit scandale (il prenait le parti du Mal contre le Bien) et fut l'objet d'un procès. Le poème est reproduit p. 37.

rendre compte, je me figurais lui avoir adressé des paroles significatives. Je croyais avoir déclaré mon amour à une personne insensible. J'oubliais que M. et Mme Grangier eussent pu entendre sans le moindre inconvénient tout ce que j'avais dit à leur fille ; mais, moi, aurais-je pu le lui dire en leur présence ?

— Marthe ne m'intimide pas, me répétais-je. Donc, seuls, ses parents et mon père m'empêchent de me pencher sur son cou et de l'embrasser.

Profondément en moi, un autre garçon se félicitait de ces trouble-fête. Celui-ci pensait :

— Quelle chance que je ne me trouve pas seul avec elle ! Car je n'oserais pas davantage l'embrasser, et n'aurais aucune excuse.

Ainsi triche le timide.

Nous reprenions le train à la gare de Sucy. Ayant une bonne demi-heure à l'attendre, nous nous assîmes à la terrasse d'un café. Je dus subir les compliments de Mme Grangier. Ils m'humiliaient. Ils rappelaient à sa fille que je n'étais encore qu'un lycéen, qui passerait son baccalauréat dans un an. Marthe voulut boire de la grenadine ; j'en commandai aussi. Le matin encore, je me serais cru déshonoré en buvant de la grenadine. Mon père n'y comprenait rien. Il me laissait toujours servir les apéritifs. Je tremblai qu'il ne plaisantât sur ma sagesse. Il le fit, mais à mots couverts, de façon que Marthe ne devinât pas que je buvais de la grenadine pour faire comme elle.

Arrivés à F..., nous dîmes adieu aux Grangier. Je promis à Marthe de lui porter, le jeudi suivant, la collection du journal *Le Mot* et *Une saison en Enfer*[1].

---

1. *Une saison en Enfer* est la seule œuvre publiée par Rimbaud (1854-1891) de son vivant, en 1873. Elle exprime une révolte décapante contre la société et la religion. Mais elle est aussi, pour le héros du roman de Radiguet, une façon d'inviter Marthe à vivre une saison dans l'enfer de l'amour cruel.

— Encore un titre qui plairait à mon fiancé !

Elle riait.

— Voyons, Marthe ! dit, fronçant les sourcils, sa mère qu'un tel manque de soumission choquait toujours.

Mon père et mes frères s'étaient ennuyés, qu'importe ! Le bonheur est égoïste.

CXXI

LA MORT DES AMANTS

Nous aurons des lits pleins d'odeurs légères,
Des divans profonds comme des tombeaux,
Et d'étranges fleurs sur des étagères,
Écloses pour nous sous des cieux plus beaux.

Usant à l'envi leurs chaleurs dernières,
Nos deux cœurs seront deux vastes flambeaux,
Qui réfléchiront leurs doubles lumières
Dans nos deux esprits, ces miroirs jumeaux.

Un soir fait de rose et de bleu mystique,
Nous échangerons un éclair unique,
Comme un long sanglot, tout chargé d'adieux ;

Et plus tard un Ange, entr'ouvrant les portes,
Viendra ranimer, fidèle et joyeux,
Les miroirs ternis et les flammes mortes.

Le lendemain, au lycée, je n'éprouvai pas le besoin de raconter à René, à qui je disais tout, ma journée du dimanche. Mais je n'étais pas d'humeur à supporter qu'il me raillât de n'avoir pas embrassé Marthe en cachette. Autre chose m'étonnait ; c'est qu'aujourd'hui je trouvais René moins différent de mes camarades.

Ressentant de l'amour pour Marthe, j'en ôtais à René, à mes parents, à mes sœurs.

Je me promettais bien cet effort de volonté de ne pas venir la voir avant le jour de notre rendez-vous. Pourtant, le mardi soir, ne pouvant attendre, je sus trouver à ma faiblesse de bonnes excuses qui me permissent de porter après dîner le livre et les journaux. Dans cette impatience, Marthe verrait la preuve de mon amour, disais-je, et si elle refuse de la voir, je saurais bien l'y contraindre.

Pendant un quart d'heure, je courus comme un fou jusqu'à sa maison. Alors, craignant de la déranger pendant son repas, j'attendis, en nage, dix minutes, devant la grille. Je pensais que pendant ce temps mes palpitations de cœur s'arrêteraient. Elles augmentaient, au contraire. Je manquai tourner bride, mais depuis quelques minutes, d'une fenêtre voisine, une femme me regardait curieusement, voulant savoir ce que je faisais, réfugié contre cette porte. Elle me décida. Je sonnai. J'entrai dans la maison. Je demandai à la domestique si Madame était chez elle. Presque aussitôt, Mme Grangier parut dans la petite pièce où l'on m'avait introduit. Je sursautai, comme si la domestique eût dû comprendre que j'avais demandé « Madame » par convenance et que je voulais voir « Mademoiselle ». Rougissant, je priai Mme Grangier de m'excuser de la déranger à pareille heure, comme s'il eût été une heure du matin : ne pouvant venir jeudi, j'apportais le livre et les journaux à sa fille.

— Cela tombe à merveille, me dit Mme Grangier, car Marthe n'aurait pu vous recevoir. Son fiancé a obtenu une permission, quinze jours plus tôt qu'il ne pensait. Il est arrivé hier, et Marthe dîne ce soir chez ses futurs beaux-parents.

Je m'en allai donc, et puisque je n'avais plus de chance de la revoir jamais, croyais-je, m'efforçais de ne plus penser à Marthe, et, par cela même, ne pensant qu'à elle.

Pourtant, un mois après, un matin, sautant de mon wagon à la gare de la Bastille, je la vis qui descendait d'un autre. Elle allait choisir dans des magasins différentes choses, en vue de son mariage. Je lui demandai de m'accompagner jusqu'à Henri-IV.

— Tiens, dit-elle, l'année prochaine, quand vous serez en seconde, vous aurez mon beau-père pour professeur de géographie.

Vexé qu'elle me parlât études, comme si aucune autre conversation n'eût été de mon âge, je lui répondis aigrement que ce serait assez drôle.

Elle fronça les sourcils. Je pensai à sa mère.

Nous arrivions à Henri-IV, et, ne voulant pas la quitter sur ces paroles que je croyais blessantes, je décidai d'entrer en classe une heure plus tard, après le cours de dessin. Je fus heureux qu'en cette circonstance Marthe ne montrât pas de sagesse, ne me fît aucun reproche, et, plutôt, semblât me remercier d'un tel sacrifice, en réalité nul. Je lui fus reconnaissant qu'en échange elle ne me proposât point de l'accompagner dans ses courses, mais qu'elle me donnât son temps comme je lui donnais le mien.

« Nous étions maintenant dans le jardin du Luxembourg. »

Nous étions maintenant dans le jardin du Luxembourg ; neuf heures sonnèrent à l'horloge du Sénat. Je renonçai au lycée. J'avais dans ma poche, par miracle, plus d'argent que n'en a d'habitude un collégien en deux ans, ayant la veille vendu mes timbres-poste les plus rares à la Bourse aux timbres, qui se tient derrière le Guignol des Champs-Élysées.

Au cours de la conversation, Marthe m'ayant appris qu'elle déjeunait chez ses beaux-parents, je décidai de la résoudre à rester avec moi. La demie de neuf heures sonnait. Marthe sursauta, point encore habituée à ce qu'on abandonnât pour elle tous ses devoirs de classe. Mais, voyant que je restais sur ma chaise de fer, elle n'eut pas le courage de me rappeler que j'aurais dû être assis sur les bancs de Henri-IV.

Nous restions immobiles. Ainsi doit être le bonheur. Un chien sauta du bassin et se secoua. Marthe se leva, comme quelqu'un qui, après la sieste, et le visage encore enduit de sommeil, secoue ses rêves. Elle faisait avec ses bras des mouvements de gymnastique. J'en augurai mal pour notre entente.

— Ces chaises sont trop dures, me dit-elle, comme pour s'excuser d'être debout.

Elle portait une robe de foulard, chiffonnée depuis qu'elle s'était assise. Je ne pus m'empêcher d'imaginer les dessins que le cannage imprime sur la peau.

— Allons, accompagnez-moi dans les magasins, puisque vous êtes décidé à ne pas aller en classe, dit Marthe, faisant pour la première fois allusion à ce que je négligeais pour elle.

Je l'accompagnai dans plusieurs maisons de lingerie, l'empêchant de commander ce qui lui plaisait et ne me plaisait pas ; par exemple, évitant le rose, qui m'importune, et qui était sa couleur favorite.

Après ces premières victoires, il fallait obtenir de Marthe qu'elle ne déjeunât pas chez ses beaux-parents. Ne pensant pas qu'elle pouvait leur mentir pour le simple plaisir de rester en ma compagnie, je cherchai ce qui la déterminerait à me suivre dans l'école buissonnière. Elle rêvait de connaître un bar américain. Elle n'avait jamais osé demander à son fiancé de l'y conduire. D'ailleurs, il ignorait les bars. Je tenais mon prétexte. À son refus, empreint d'une véritable déception, je pensai qu'elle viendrait. Au bout d'une demi-heure, ayant usé de tout pour la convaincre, et n'insistant même plus, je l'accompagnai chez ses beaux-parents, dans l'état d'esprit d'un condamné à mort espérant jusqu'au dernier moment qu'un coup de main se fera sur la route du supplice. Je voyais s'approcher la rue, sans que rien ne se produisît. Mais soudain, Marthe, frappant à la vitre, arrêta le chauffeur du taxi devant un bureau de poste.

Elle me dit :

— Attendez-moi une seconde. Je vais téléphoner à ma belle-mère que je suis dans un quartier trop éloigné pour arriver à temps.

Au bout de quelques minutes, n'en pouvant plus d'impatience, j'avisai une marchande de fleurs et je choisis une à une des roses rouges, dont je fis faire une botte. Je ne pensais pas tant au plaisir de Marthe qu'à la nécessité pour elle de mentir encore ce soir pour expliquer à ses parents d'où venaient les roses. Notre projet, lors de la première rencontre, d'aller à une académie de dessin ; le mensonge du téléphone qu'elle répéterait, ce soir, à ses parents, mensonge auquel s'ajouterait celui des roses, m'étaient des faveurs plus douces qu'un baiser. Car, ayant souvent embrassé, sans grand plaisir, des lèvres de petites filles, et oubliant que c'était parce que je ne les aimais pas, je désirais peu les lèvres de Marthe. Tandis qu'une telle complicité m'était restée, jusqu'à ce jour, inconnue.

Marthe sortait de la poste, rayonnante, après le premier mensonge. Je donnai au chauffeur l'adresse d'un bar de la rue Daunou.

Elle s'extasiait, comme une pensionnaire, sur la veste blanche du barman, la grâce avec laquelle il secouait les gobelets d'argent, les noms bizarres ou poétiques des mélanges. Elle respirait de temps en temps les roses rouges dont elle se promettait de faire une aquarelle, qu'elle me donnerait en souvenir de cette journée. Je lui demandai de me montrer une photographie de son fiancé. Je le trouvai beau. Sentant déjà quelle importance elle attachait à mes opinions, je poussai l'hypocrisie jusqu'à lui dire qu'il était très beau, mais d'un air peu convaincu, pour lui donner à penser que je le lui disais par politesse. Ce qui, selon moi, devait jeter le trouble dans l'âme de Marthe, et, de plus, m'attirer sa reconnaissance.

Mais, l'après-midi, il fallut songer au motif de son voyage. Son fiancé, dont elle savait les goûts, s'en était remis complètement à elle du soin de choisir leur mobilier. Mais sa mère voulait à toute force la suivre. Marthe, enfin, en lui promettant de ne pas faire de folies, avait obtenu de venir seule. Elle devait, ce jour-là, choisir quelques meubles pour leur chambre à coucher. Bien que je me fusse promis de ne montrer d'extrême plaisir ou déplaisir à aucune des paroles de

Marthe, il me fallut faire un effort pour continuer de marcher sur le boulevard d'un pas tranquille qui maintenant ne s'accordait plus avec le rythme de mon cœur.

Cette obligation d'accompagner Marthe m'apparut comme une malchance. Il fallait donc l'aider à choisir une chambre pour elle et un autre ! Puis, j'entrevis le moyen de choisir une chambre pour Marthe et pour moi.

J'oubliais si vite son fiancé, qu'au bout d'un quart d'heure de marche, on m'aurait surpris en me rappelant que, dans cette chambre, un autre dormirait auprès d'elle.

Son fiancé goûtait le style Louis XV.

Le mauvais goût de Marthe était autre ; elle aurait plutôt versé dans le japonais. Il me fallut donc les combattre tous deux. C'était à qui jouerait le plus vite. Au moindre mot de Marthe, devinant ce qui la tentait, il me fallait lui désigner le contraire, qui ne me plaisait pas toujours, afin de me donner l'apparence de céder à ses caprices, quand j'abandonnerais un meuble pour un autre, qui dérangeait moins son œil.

Elle murmurait : « Lui qui voulait une chambre rose. » N'osant même plus m'avouer ses propres goûts, elle les attribuait à son fiancé. Je devinai que dans quelques jours nous les raillerions ensemble.

Pourtant je ne comprenais pas bien cette faiblesse. « Si elle ne m'aime pas, pensai-je, quelle raison a-t-elle de me céder, de sacrifier ses préférences, et celles de ce jeune homme, aux miennes ? » Je n'en trouvai aucune. La plus modeste eût été encore de me dire que Marthe m'aimait. Pourtant j'étais sûr du contraire.

Marthe m'avait dit : « Au moins laissons-lui l'étoffe rose. » — « Laissons-lui ! » Rien que pour ce mot, je me sentais près de lâcher prise. Mais « lui laisser l'étoffe rose » équivalait à tout abandonner. Je représentai à Marthe combien ces murs roses gâcheraient les meubles simples que « nous avions choisis », et, reculant encore devant le scandale, lui conseillai de faire peindre les murs de sa chambre à la chaux !

C'était le coup de grâce. Toute la journée, Marthe avait été tellement harcelée qu'elle le reçut sans révolte. Elle se contenta de me dire : « En effet, vous avez raison. »

À la fin de cette journée éreintante, je me félicitai du pas que j'avais fait. J'étais parvenu à transformer, meuble à meuble, ce mariage d'amour, ou plutôt d'amourette, en un mariage de raison, et lequel ! puisque la raison n'y tenait aucune place, chacun ne trouvant chez l'autre que les avantages qu'offre un mariage d'amour.

En me quittant, ce soir-là, au lieu d'éviter désormais mes conseils, elle m'avait prié de l'aider les jours suivants dans le choix de ses autres meubles. Je le lui promis, mais à condition qu'elle me jurât de ne jamais le dire à son fiancé, puisque la seule raison qui pût à la longue lui faire admettre ces meubles, s'il avait de l'amour pour Marthe, c'était de penser que tout sortait d'elle, de son bon plaisir, qui deviendrait le leur.

Quand je rentrai à la maison, je crus lire dans le regard de mon père, qu'il avait déjà appris mon escapade. Naturellement il ne savait rien ; comment eût-il pu le savoir ?

« Bah ! Jacques s'habituera bien à cette chambre », avait dit Marthe. En me couchant, je me répétai que, si elle songeait à son mariage avant de dormir, elle devait, ce soir, l'envisager de tout autre sorte qu'elle ne l'avait fait les jours précédents. Pour moi, quelle que fût l'issue de cette idylle, j'étais, d'avance, bien vengé de son Jacques : je pensais à la nuit de noces dans cette chambre austère, dans « ma » chambre !

Le lendemain matin, je guettais dans la rue le facteur qui devait apporter une lettre d'absence. Il me la remit, je l'empochai, jetant les autres dans la boîte de notre grille. Procédé trop simple pour ne pas en user toujours.

Manquer la classe voulait dire, selon moi, que j'étais amoureux de Marthe. Je me trompais. Marthe ne m'était que le prétexte de cette école buissonnière. Et la preuve, c'est qu'après avoir goûté en compagnie de Marthe aux charmes de la liberté, je voulus y goûter seul, puis faire des adeptes. La liberté me devint vite une drogue.

L'année scolaire touchait à sa fin, et je voyais avec terreur que ma paresse allait rester impunie, alors que je souhaitais le renvoi du collège, un drame, enfin, qui clôturât cette période.

À force de vivre dans les mêmes idées, de ne voir qu'une chose, si on la veut avec ardeur, on ne remarque plus le crime de ses désirs. Certes, je ne cherchais pas à faire de la peine à mon père ; pourtant, je souhaitais la chose qui pourrait lui en faire le plus. Les classes m'avaient toujours été un supplice ; Marthe et la liberté avaient achevé de me les rendre intolérables. Je me rendais bien compte que, si j'aimais moins René, c'était simplement parce qu'il me rappelait quelque chose du collège. Je souffrais, et cette crainte me rendait même physiquement malade, à l'idée de me retrouver, l'année suivante, dans la niaiserie de mes condisciples.

Pour le malheur de René, je lui avais trop bien fait partager mon vice. Aussi, lorsque, moins habile que moi, il m'annonça qu'il était renvoyé de Henri-IV, je crus l'être moi-même. Il fallait l'apprendre à mon père, car il me saurait gré de le lui dire moi-même, avant la lettre du censeur, lettre trop grave à subtiliser.

Nous étions un mercredi. Le lendemain, jour de congé, j'attendis que mon père fût à Paris pour prévenir ma mère. La perspective de quatre jours de trouble dans son ménage l'alarma plus que la nouvelle. Puis, je partis au bord de la Marne, où Marthe m'avait dit qu'elle me rejoindrait peut-être. Elle n'y était pas. Ce fut une chance. Mon amour puisant dans cette rencontre une mauvaise énergie, j'aurais pu, ensuite, lutter contre mon père ; tandis que l'orage éclatant après une journée de vide, de tristesse, je rentrai le front bas, comme il convenait. Je revins chez nous un peu après l'heure où je savais que mon père avait coutume d'y être. Il « savait » donc. Je me promenai dans le jardin, attendant que mon père me fît venir. Mes sœurs jouaient en silence. Elles devinaient quelque chose. Un de mes frères, assez excité par l'orage, me dit de me rendre dans la chambre où mon père s'était étendu.

Des éclats de voix, des menaces, m'eussent permis la révolte. Ce fut pire. Mon père se taisait ; ensuite, sans aucune colère, avec une voix même plus douce que de coutume, il me dit :

— Eh bien, que comptes-tu faire maintenant ?

Les larmes qui ne pouvaient s'enfuir par mes yeux, comme un essaim d'abeilles, bourdonnaient dans ma tête. À une volonté, j'eusse pu opposer la mienne, même impuissante. Mais devant une telle douceur, je ne pensais qu'à me soumettre.

— Ce que tu m'ordonneras de faire.

— Non, ne mens pas encore. Je t'ai toujours laissé agir comme tu voulais ; continue. Sans doute auras-tu à cœur de m'en faire repentir.

Dans l'extrême jeunesse, l'on est trop enclin, comme les femmes, à croire que les larmes dédommagent de tout. Mon père ne me demandait même pas de larmes. Devant sa générosité, j'avais honte du présent et de l'avenir. Car je sentais que quoi que je lui dise, je mentirais. « Au moins que ce mensonge le réconforte, pensai-je, en attendant de lui être une source de nouvelles peines. » Ou plutôt non, je cherche encore à me mentir à moi-même. Ce que je voulais, c'était faire un travail, guère plus fatigant qu'une promenade, et qui laissât comme elle, à mon esprit, la liberté de ne pas se détacher de Marthe une minute. Je feignis de vouloir peindre et de n'avoir jamais osé le dire. Encore une fois, mon père ne dit pas non, à condition que je continuasse d'apprendre chez nous ce que j'aurais dû apprendre au collège, mais avec la liberté de peindre.

Quand les liens ne sont pas encore solides, pour perdre quelqu'un de vue, il suffit de manquer une fois un rendez-vous. À force de penser à Marthe, j'y pensai de moins en moins. Mon esprit agissait, comme nos yeux agissent avec le papier des murs de notre chambre. À force de le voir, ils ne le voient plus.

Chose incroyable ! J'avais même pris goût au travail. Je n'avais pas menti comme je le craignais.

Lorsque quelque chose, venu de l'extérieur, m'obligeait à penser moins paresseusement à Marthe, j'y pensais avec amour, avec la mélancolie que l'on éprouve pour ce qui aurait pu être. « Bah ! me disais-je, c'eût été trop beau. On ne peut à la fois choisir le lit et coucher dedans. »

Une chose étonnait mon père. La lettre du censeur n'arrivait pas. Il me fit à ce sujet sa première scène, croyant que j'avais soustrait la lettre, que j'avais feint ensuite de lui annoncer gratuitement la nouvelle, que j'avais ainsi obtenu son indulgence. En réalité, cette lettre n'existait pas. Je me croyais renvoyé du collège, mais je me trompais. Aussi, mon père ne comprit-il rien lorsque, au début des vacances, nous reçûmes une lettre du proviseur.

Il demandait si j'étais malade et s'il fallait m'inscrire pour l'année suivante.

La joie de donner enfin satisfaction à mon père comblait un peu le vide sentimental dans lequel je me trouvais, car, si je croyais ne plus aimer Marthe, je la considérais du moins comme le seul amour qui eût été digne de moi. C'est dire que je l'aimais encore.

J'étais dans ces dispositions de cœur quand, à la fin de novembre, un mois après avoir reçu une lettre de faire part de son mariage, je trouvai, en rentrant chez nous, une invitation de Marthe qui commençait par ces lignes : « Je ne comprends rien à votre silence. Pourquoi ne venez-vous pas me voir ? Sans doute avez-vous oublié que vous avez choisi mes meubles ?... »

Marthe habitait J... ; sa rue descendait jusqu'à la Marne. Chaque trottoir réunissait au plus une douzaine de villas. Je m'étonnai que la sienne fût si grande. En réalité, Marthe habitait seulement le haut, les propriétaires et un vieux ménage se partageant le bas.

Quand j'arrivai pour goûter, il faisait déjà nuit. Seule une fenêtre, à défaut d'une présence humaine, révélait celle du feu. A voir cette fenêtre illuminée par des flammes inégales, comme des vagues, je crus à un commencement d'incendie. La porte de fer du jardin était entrouverte. Je m'étonnai d'une semblable négligence. Je cherchai la sonnette : je ne la trouvai point. Enfin, gravissant les trois marches du perron, je me décidai à frapper contre les vitres du rez-de-chaussée de droite, derrière lesquelles j'entendais des voix. Une vieille femme ouvrit la porte : je lui demandai où demeurait Mme Lacombe (tel était le nouveau nom de Marthe) : « C'est au-dessus. » Je montai l'escalier dans

*« Marthe habitait J... ; sa rue descendait jusqu'à la Marne.
Chaque trottoir réunissait au plus une douzaine de villas.
Je m'étonnai que la sienne fût si grande. »*

le noir, trébuchant, me cognant, et mourant de crainte
qu'il fût arrivé quelque malheur. Je frappai. C'est
Marthe qui vint m'ouvrir. Je faillis lui sauter au cou,
comme les gens qui se connaissent à peine, après avoir
échappé au naufrage. Elle n'y eût rien compris. Sans
doute me trouva-t-elle l'air égaré, car, avant toute
chose, je lui demandai pourquoi « il y avait le feu ».

— C'est qu'en vous attendant, j'avais fait dans la
cheminée du salon un feu de bois d'olivier, à la lueur
duquel je lisais.

En entrant dans la petite chambre qui lui servait de
salon, peu encombrée de meubles, et que les tentures,
les gros tapis doux comme un poil de bête, rétrécis-

saient jusqu'à lui donner l'aspect d'une boîte, je fus à la fois heureux et malheureux comme un dramaturge qui, voyant sa pièce, y découvre trop tard des fautes.

Marthe s'était de nouveau étendue le long de la cheminée, tisonnant la braise, et prenant garde à ne pas mêler quelque parcelle noire aux cendres.

— Vous n'aimez peut-être pas l'odeur de l'olivier ? Ce sont mes beaux-parents qui en ont fait venir pour moi une provision de leur propriété du Midi.

Marthe semblait s'excuser d'un détail de son cru, dans cette chambre qui était mon œuvre. Peut-être cet élément détruisait-il un tout, qu'elle comprenait mal.

Au contraire. Ce feu me ravit, et aussi de voir qu'elle attendait comme moi de se sentir brûlante d'un côté, pour se retourner de l'autre. Son visage calme et sérieux ne m'avait jamais paru plus beau que dans cette lumière sauvage. A ne pas se répandre dans la pièce, cette lumière gardait toute sa force. Dès qu'on s'en éloignait, il faisait nuit, et on se cognait aux meubles.

Marthe ignorait ce que c'est que d'être mutine. Dans son enjouement, elle restait grave.

Mon esprit s'engourdissait peu à peu auprès d'elle, je la trouvai différente. C'est que, maintenant que j'étais sûr de ne plus l'aimer, je commençais à l'aimer. Je me sentais incapable de calculs, de machinations, de tout ce dont, jusqu'alors, et encore à ce moment-là, je croyais que l'amour ne peut se passer. Tout à coup, je me sentais meilleur. Ce brusque changement aurait ouvert les yeux de tout autre : je ne vis pas que j'étais amoureux de Marthe. Au contraire, j'y vis la preuve que mon amour était mort, et qu'une belle amitié le remplacerait. Cette longue perspective d'amitié me fit admettre soudain combien un autre sentiment eût été criminel, lésant un homme qui l'aimait, à qui elle devait appartenir, et qui ne pouvait la voir.

Pourtant, autre chose m'aurait dû renseigner sur mes véritables sentiments. Il y a quelques mois, quand je rencontrais Marthe, mon prétendu amour ne m'empê-chait pas de la juger, de trouver laides la plupart des choses qu'elle trouvait belles, la plupart des choses qu'elle disait, enfantines. Aujourd'hui, si je ne pensais pas comme elle, je me donnais tort. Après la grossiè-reté de mes premiers désirs, c'était la douceur d'un sentiment plus profond qui me trompait. Je ne me sen-tais plus capable de rien entreprendre de ce que je m'étais promis. Je commençais à respecter Marthe, parce que je commençais à l'aimer.

Je revins tous les soirs ; je ne pensai même pas à la prier de me montrer sa chambre, encore moins à lui demander comment Jacques trouvait nos meubles. Je ne souhaitais rien d'autre que ces fiançailles éternelles, nos corps étendus près de la cheminée, se touchant l'un l'autre, et moi, n'osant bouger, de peur qu'un seul de mes gestes suffît à chasser le bonheur.

Mais Marthe, qui goûtait le même charme, croyait le goûter seule. Dans ma paresse heureuse, elle lut de l'indifférence. Pensant que je ne l'aimais pas, elle s'imagina que je me lasserais vite de ce salon silen-cieux, si elle ne faisait rien pour m'attacher à elle.

Nous nous taisions. J'y voyais une preuve du bonheur.

Je me sentais tellement près de Marthe, avec la certi-tude que nous pensions en même temps aux mêmes choses, que lui parler m'eût semblé absurde, comme de parler haut quand on est seul. Ce silence accablait la pauvre petite. La sagesse eût été de me servir de moyens de correspondre aussi grossiers que la parole ou le geste, tout en déplorant qu'il n'en existât point de plus subtils.

A me voir tous les jours m'enfoncer de plus en plus dans ce mutisme délicieux, Marthe se figura que je m'ennuyais de plus en plus. Elle se sentait prête à tout pour me distraire.

Sa chevelure dénouée, elle aimait dormir près du feu. Ou plutôt je croyais qu'elle dormait. Son sommeil lui était prétexte, pour mettre ses bras autour de mon cou, et une fois réveillée, les yeux humides, me dire qu'elle venait d'avoir un rêve triste. Elle ne voulait jamais me le raconter. Je profitais de son faux sommeil pour respirer ses cheveux, son cou, ses joues brûlantes, et en les effleurant à peine pour qu'elle ne se réveillât point ; toutes caresses qui ne sont pas, comme on croit, la menue monnaie de l'amour, mais, au contraire, la plus rare, et auxquelles seule la passion puisse recourir. Moi, je les croyais permises à mon amitié. Pourtant, je commençai à me désespérer sérieusement de ce que seul l'amour nous donnât des droits sur une femme. Je me passerai bien de l'amour, pensai-je, mais jamais de n'avoir aucun droit sur Marthe. Et, pour en avoir, j'étais même décidé à l'amour, tout en croyant le déplorer. Je désirais Marthe et ne le comprenais pas.

Quand elle dormait ainsi, sa tête appuyée contre un de mes bras, je me penchais sur elle pour voir son visage entouré de flammes. C'était jouer avec le feu. Un jour que je m'approchais trop sans pourtant que mon visage touchât le sien, je fus comme l'aiguille qui dépasse d'un millimètre la zone interdite et appartient à l'aimant. Est-ce la faute de l'aimant ou de l'aiguille ? C'est ainsi que je sentis mes lèvres contre les siennes. Elle fermait encore les yeux, mais visiblement comme quelqu'un qui ne dort pas. Je l'embrassai, stupéfait de mon audace, alors qu'en réalité c'était elle qui, lorsque j'approchais de son visage, avait attiré ma tête contre sa bouche. Ses deux mains s'accrochaient à mon cou ; elles ne se seraient pas accrochées plus furieusement dans un naufrage. Et je ne comprenais pas si elle voulait que je la sauve, ou bien que je me noie avec elle.

Maintenant, elle s'était assise, elle tenait ma tête sur ses genoux, caressant mes cheveux, et me répétant très doucement : « Il faut que tu t'en ailles, il ne faut plus jamais revenir. » Je n'osais pas la tutoyer ; lorsque je ne pouvais plus me taire, je cherchais longuement mes mots, construisant mes phrases de façon à ne pas lui parler directement, car si je ne pouvais pas la tutoyer, je sentais combien il était encore plus impossible de lui dire vous. Mes larmes me brûlaient. S'il en tombait une sur la main de Marthe, je m'attendais toujours à l'entendre pousser un cri. Je m'accusai d'avoir rompu le charme, me disant qu'en effet j'avais été fou de poser mes lèvres contre les siennes, oubliant que c'était elle qui m'avait embrassé. « Il faut que tu t'en ailles, ne plus jamais revenir. » Mes larmes de rage se mêlaient à mes larmes de peine. Ainsi la fureur du loup pris lui fait autant de mal que le piège. Si j'avais parlé, ç'aurait été pour injurier Marthe. Mon silence l'inquiéta ; elle y voyait de la résignation. « Puisqu'il est trop tard, la faisais-je penser, dans mon injustice peut-être clairvoyante, après tout, j'aime autant qu'il souffre. » Dans ce feu, je grelottais, je claquais des dents. À ma véritable peine qui me sortait de l'enfance, s'ajoutaient des sentiments enfantins. J'étais le spectateur qui ne veut pas s'en aller parce que le dénouement lui déplaît. Je lui dis : « Je ne m'en irai pas. Vous vous êtes moquée de moi. Je ne veux plus vous voir. »

Car si je ne voulais pas rentrer chez mes parents, je ne voulais pas non plus revoir Marthe. Je l'aurais plutôt chassée de chez elle !

Mais elle sanglotait : « Tu es un enfant. Tu ne comprends donc pas que si je te demande de t'en aller, c'est que je t'aime. »

Haineusement, je lui dis que je comprenais fort bien qu'elle avait des devoirs et que son mari était à la guerre.

Elle secouait la tête : « Avant toi, j'étais heureuse, je croyais aimer mon fiancé. Je lui pardonnais de ne pas bien me comprendre. C'est toi qui m'as montré que je ne l'aimais pas. Mon devoir n'est pas celui que tu penses. Ce n'est pas de ne pas mentir à mon mari, mais de ne pas te mentir. Va-t'en et ne me crois pas méchante ; bientôt tu m'auras oubliée. Mais je ne veux pas causer le malheur de ta vie. Je pleure, parce que je suis trop vieille pour toi ! »

Ce mot d'amour était sublime d'enfantillage. Et, quelles que soient les passions que j'éprouve dans la suite, jamais ne sera plus possible l'émotion adorable de voir une fille de dix-neuf ans pleurer parce qu'elle se trouve trop vieille.

La saveur du premier baiser m'avait déçu comme un fruit que l'on goûte pour la première fois. Ce n'est pas dans la nouveauté, c'est dans l'habitude que nous trouvons les plus grands plaisirs. Quelques minutes après, non seulement j'étais habitué à la bouche de Marthe, mais encore je ne pouvais plus m'en passer. Et c'est alors qu'elle parlait de m'en priver à tout jamais.

Ce soir-là, Marthe me reconduisit jusqu'à la maison. Pour me sentir plus près d'elle, je me blottissais sous sa cape, et je la tenais par la taille. Elle ne disait plus qu'il ne fallait pas nous revoir ; au contraire, elle était triste à la pensée que nous allions nous quitter dans quelques instants. Elle me faisait lui jurer mille folies.

Devant la maison de mes parents, je ne voulus pas laisser Marthe repartir seule, et l'accompagnai jusque chez elle. Sans doute ces enfantillages n'eussent-ils jamais pris fin, car elle voulait m'accompagner encore. J'acceptai, à condition qu'elle me laisserait à moitié route.

J'arrivai une demi-heure en retard pour le dîner. C'était la première fois. Je mis ce retard sur le compte du train. Mon père fit semblant de le croire.

Plus rien ne me pesait. Dans la rue, je marchais aussi légèrement que dans mes rêves.

Jusqu'ici tout ce que j'avais convoité, enfant, il en avait fallu faire mon deuil. D'autre part, la reconnaissance me gâtait les jouets offerts. Quel prestige aurait pour un enfant un jouet qui se donne lui-même ! J'étais ivre de passion. Marthe était à moi ; ce n'est pas moi qui l'avais dit, c'était elle. Je pouvais toucher sa figure, embrasser ses yeux, ses bras, l'habiller, l'abîmer, à ma guise. Dans mon délire, je la mordais aux endroits où sa peau était nue, pour que sa mère la soupçonnât d'avoir un amant. J'aurais voulu pouvoir y marquer mes initiales. Ma sauvagerie d'enfant retrouvait le vieux sens des tatouages. Marthe disait : « Oui, mords-moi, marque-moi, je voudrais que tout le monde sache. »

J'aurais voulu pouvoir embrasser ses seins. Je n'osais pas le lui demander, pensant qu'elle saurait les offrir elle-même, comme ses lèvres. Au bout de quelques jours, l'habitude d'avoir ses lèvres étant venue, je n'envisageai pas d'autre délice.

Nous lisions ensemble à la lueur du feu. Elle y jetait souvent des lettres que son mari lui envoyait, chaque jour, du front. À leur inquiétude, on devinait que celles de Marthe se faisaient de moins en moins tendres et de plus en plus rares. Je ne voyais pas flamber ces lettres sans malaise. Elles grandissaient une seconde le feu et, somme toute, j'avais peur de voir plus clair.

Marthe, qui souvent maintenant me demandait s'il était vrai que je l'avais aimée dès notre première rencontre, me reprochait de ne le lui avoir pas dit avant son mariage. Elle ne se serait pas mariée, prétendait-elle ; car, si elle avait éprouvé pour Jacques une sorte d'amour au début de leurs fiançailles, celles-ci, trop longues, par la faute de la guerre, avaient peu à peu effacé l'amour de son cœur. Elle n'aimait déjà plus Jacques quand elle l'épousa. Elle espérait que ces quinze jours de permission accordés à Jacques transformeraient peut-être ses sentiments.

Il fut malhabile. Celui qui aime agace toujours celui qui n'aime pas. Et Jacques l'aimait toujours davantage. Ses lettres étaient de quelqu'un qui souffre, mais plaçant trop haut sa Marthe pour la croire capable de trahison. Aussi n'accusait-il que lui, la suppliant seulement de lui expliquer quel mal il avait pu lui faire : « Je me trouve si grossier à côté de toi, je sens que chacune de mes paroles te blesse. » Marthe lui répondait seulement qu'il se trompait, qu'elle ne lui reprochait rien.

Nous étions alors au début de mars. Le printemps était précoce. Les jours où elle ne m'accompagnait pas à Paris, Marthe, nue sous un peignoir, attendait que je revinsse de mes cours de dessin, étendue devant la cheminée où brûlait toujours l'olivier de ses beaux-parents. Elle leur avait demandé de renouveler sa provision. Je ne sais quelle timidité, si ce n'est celle que l'on éprouve en face de ce qu'on n'a jamais fait, me retenait. Je pensais à Daphnis[1]. Ici c'est Chloé qui avait reçu quelques leçons, et Daphnis n'osait lui demander de les lui apprendre. Au fait, ne considérais-je pas Marthe plutôt comme une vierge, livrée, la première quinzaine de ses noces, à un inconnu et plusieurs fois prise par lui de force ?

Le soir, seul dans mon lit, j'appelais Marthe, m'en voulant, moi qui me croyais un homme, de ne l'être pas assez pour finir d'en faire ma maîtresse. Chaque jour, allant chez elle, je me promettais de ne pas sortir qu'elle ne le fût.

Le jour de l'anniversaire de mes seize ans, au mois de mars 1918, tout en me suppliant de ne pas me fâcher, elle me fit cadeau d'un peignoir, semblable au sien, qu'elle voulait me voir mettre chez elle. Dans ma joie, je faillis faire un calembour, moi qui n'en faisais jamais. Ma robe prétexte ! Car il me semblait que ce qui jusqu'ici avait entravé mes désirs, c'était la peur du ridicule, de me sentir habillé, lorsqu'elle ne l'était pas. D'abord, je pensai à mettre cette robe le jour même. Puis, je rougis, comprenant ce que son cadeau contenait de reproches.

---

1. *Daphnis et Chloé* est le titre d'un roman de Longus, qui raconte les amours de deux adolescents ingénus, élevés par des bergers dans l'île de Lesbos. Maurice Ravel s'en est inspiré pour composer la musique d'un ballet qui fut créé en 1912 au Châtelet par la célèbre troupe des Ballets Russes sous la conduite de Nijinski — le tout salué par Jean Cocteau.

Le narrateur se projette dans ces héros, en se demandant qui, de lui ou de Marthe, aura bientôt la maîtrise de l'amour.

Dès le début de notre amour, Marthe m'avait donné une clef de son appartement, afin que je n'eusse pas à l'attendre dans le jardin, si, par hasard, elle était en ville. Je pouvais me servir moins innocemment de cette clef. Nous étions un samedi. Je quittai Marthe en lui promettant de venir déjeuner le lendemain avec elle. Mais j'étais décidé à revenir le soir aussitôt que possible.

À dîner, j'annonçai à mes parents que j'entreprendrais le lendemain avec René une longue promenade dans la forêt de Sénart. Je devais pour cela partir à cinq heures du matin. Comme toute la maison dormirait encore, personne ne pourrait deviner l'heure à laquelle j'étais parti, et si j'avais découché.

À peine avais-je fait part de ce projet à ma mère, qu'elle voulut préparer elle-même un panier rempli de provisions, pour la route. J'étais consterné, ce panier détruisait tout le romanesque et le sublime de mon acte. Moi qui goûtais d'avance l'effroi de Marthe quand j'entrerais dans sa chambre, je pensais maintenant à ses éclats de rire en voyant paraître ce Prince Charmant, un panier de ménagère à son bras. J'eus beau dire à ma mère que René s'était muni de tout, elle ne voulut rien entendre. Résister davantage, c'était éveiller les soupçons.

Ce qui fait le malheur des uns causerait le bonheur des autres. Tandis que ma mère emplissait le panier qui me gâtait d'avance ma première nuit d'amour, je voyais les yeux pleins de convoitise de mes frères. Je pensai bien à le leur offrir en cachette, mais une fois tout mangé, au risque de se faire fouetter, et pour le plaisir de me perdre, ils eussent tout raconté.

Il fallait donc me résigner, puisque nulle cachette ne semblait assez sûre.

Je m'étais juré de ne pas partir avant minuit pour être sûr que mes parents dormissent. J'essayai de lire. Mais comme dix heures sonnaient à la mairie, et que mes parents étaient couchés depuis quelque temps déjà, je ne pus attendre. Ils habitaient au premier étage, moi au rez-de-chaussée. Je n'avais pas mis mes bottines afin d'escalader le mur le plus silencieusement possible. Les tenant d'une main, tenant de l'autre ce panier fragile à cause des bouteilles, j'ouvris avec précaution une petite porte d'office. Il pleuvait. Tant mieux ! la pluie couvrirait le bruit. Apercevant que la lumière n'était pas encore éteinte dans la chambre de mes parents, je fus sur le point de me recoucher. Mais j'étais en route. Déjà la précaution des bottines était impossible ; à cause de la pluie je dus les remettre. Ensuite, il me fallait escalader le mur pour ne point ébranler la cloche de la grille. Je m'approchai du mur, contre lequel j'avais pris soin, après le dîner, de poser une chaise de jardin pour faciliter mon évasion. Ce mur était garni de tuiles à son faîte. La pluie les rendait glissantes. Comme je m'y suspendais, l'une d'elles tomba. Mon angoisse décupla le bruit de sa chute. Il fallait maintenant sauter dans la rue. Je tenais le panier avec mes dents ; je tombai dans une flaque. Une longue minute, je restai debout, les yeux levés vers la fenêtre de mes parents, pour voir s'ils bougeaient, s'étant aperçus de quelque chose. La fenêtre resta vide. J'étais sauf !

Pour me rendre jusque chez Marthe, je suivis la Marne. Je comptais cacher mon panier dans un buisson et le reprendre le lendemain. La guerre rendait cette chose dangereuse. En effet, au seul endroit où il y eût des buissons et où il était possible de cacher le panier, se tenait une sentinelle, gardant le pont de J... J'hésitai longtemps, plus pâle qu'un homme qui pose une cartouche de dynamite. Je cachai tout de même mes victuailles.

La grille de Marthe était fermée. Je pris la clef qu'on laissait toujours dans la boîte aux lettres. Je traversai le petit jardin sur la pointe des pieds, puis montai les marches du perron. J'ôtai encore mes bottines avant de prendre l'escalier.

Marthe était si nerveuse ! Peut-être s'évanouirait-elle en me voyant dans sa chambre. Je tremblai ; je ne trouvai pas le trou de la serrure. Enfin, je tournai la clef lentement, afin de ne réveiller personne. Je butai dans l'antichambre contre le porte-parapluies. Je craignais de prendre les sonnettes pour des commutateurs. J'allai à tâtons jusqu'à la chambre. Je m'arrêtai avec, encore, l'envie de fuir. Peut-être Marthe ne me pardonnerait jamais. Ou bien si j'allais tout à coup apprendre qu'elle me trompe, et la trouver avec un homme !

J'ouvris. Je murmurai :

— Marthe ?

Elle répondit :

— Plutôt que de me faire une peur pareille, tu aurais bien pu ne venir que demain matin. Tu as donc ta permission huit jours plus tôt ?

Elle me prenait pour Jacques !

Or, si je voyais de quelle façon elle l'eût accueilli, j'apprenais du même coup qu'elle me cachait déjà quelque chose. Jacques devait donc venir dans huit jours !

J'allumai. Elle restait tournée contre le mur. Il était simple de dire : « C'est moi », et pourtant, je ne le disais pas. Je l'embrassai dans le cou.

— Ta figure est toute mouillée. Essuie-toi donc.

Alors, elle se retourna et poussa un cri.

D'une seconde à l'autre, elle changea d'attitude et, sans prendre la peine de s'expliquer ma présence nocturne :

— Mais, mon pauvre chéri, tu vas prendre mal ! Déshabille-toi vite.

Elle courut ranimer le feu dans le salon. À son retour dans la chambre, comme je ne bougeais pas, elle dit :

— Veux-tu que je t'aide ?

Moi qui redoutais par-dessus tout le moment où je devrais me déshabiller et qui en envisageais le ridicule, je bénissais la pluie grâce à quoi ce déshabillage prenait un sens maternel. Mais Marthe repartait, revenait, repartait dans la cuisine, pour voir si l'eau de mon grog était chaude. Enfin, elle me trouva nu sur le lit, me cachant à moitié sous l'édredon. Elle me gronda : c'était fou de rester nu ; il fallait me frictionner à l'eau de Cologne.

Puis, Marthe ouvrit une armoire et me jeta un costume de nuit. « Il devait être de ma taille. » Un costume de Jacques ! Et je pensais à l'arrivée, fort possible, de ce soldat, puisque Marthe y avait cru.

J'étais dans le lit. Marthe m'y rejoignit. Je lui demandai d'éteindre. Car, même en ses bras, je me méfiais de ma timidité. Les ténèbres me donneraient du courage. Marthe me répondit doucement :

— Non. Je veux te voir t'endormir.

À cette parole pleine de grâce, je sentis quelque gêne. J'y voyais la touchante douceur de cette femme qui risquait tout pour devenir ma maîtresse et, ne pouvant deviner ma timidité maladive, admettait que je m'endormisse auprès d'elle. Depuis quatre mois, je disais l'aimer, et ne lui en donnais pas cette preuve dont les hommes sont si prodigues et qui souvent leur tient lieu d'amour. J'éteignis de force.

Je me retrouvai avec le trouble de tout à l'heure, avant d'entrer chez Marthe. Mais comme l'attente devant la porte, celle devant l'amour ne pouvait être bien longue. Du reste, mon imagination se promettait de telles voluptés qu'elle n'arrivait plus à les concevoir. Pour la première fois aussi, je redoutai de ressembler au mari et de laisser à Marthe un mauvais souvenir de nos premiers moments d'amour.

Elle fut donc plus heureuse que moi. Mais la minute

où nous nous désenlaçâmes, et ses yeux admirables, valaient bien mon malaise.

Son visage s'était transfiguré. Je m'étonnai même de ne pas pouvoir toucher l'auréole qui entourait vraiment sa figure, comme dans les tableaux religieux.

Soulagé de mes craintes, il m'en venait d'autres.

C'est que, comprenant enfin la puissance des gestes que ma timidité n'avait osés jusqu'alors, je tremblais que Marthe appartînt à son mari plus qu'elle ne voulait le prétendre.

Comme il m'est impossible de comprendre ce que je goûte la première fois, je devais connaître ces jouissances de l'amour chaque jour davantage.

En attendant, le faux plaisir m'apportait une vraie douleur d'homme : la jalousie.

J'en voulais à Marthe, parce que je comprenais, à son visage reconnaissant, tout ce que valent les liens de la chair. Je maudissais l'homme qui avait avant moi éveillé son corps. Je considérai ma sottise d'avoir vu en Marthe une vierge. À toute autre époque, souhaiter la mort de son mari, c'eût été chimère enfantine, mais ce vœu devenait presque aussi criminel que si j'eusse tué. Je devais à la guerre mon bonheur naissant ; j'en attendais l'apothéose. J'espérais qu'elle servirait ma haine comme un anonyme commet le crime à notre place.

Maintenant, nous pleurons ensemble ; c'est la faute du bonheur. Marthe me reproche de n'avoir pas empêché son mariage. « Mais alors, serais-je dans ce lit choisi par moi ? Elle vivrait chez ses parents ; nous ne pourrions nous voir. Elle n'aurait jamais appartenu à Jacques, mais elle ne m'appartiendrait pas. Sans lui, et ne pouvant comparer, peut-être regretterait-elle encore, espérant mieux. Je ne hais pas Jacques. Je hais la certitude de tout devoir à cet homme que nous trompons. Mais j'aime trop Marthe pour trouver notre bonheur criminel. »

Nous pleurons ensemble de n'être que des enfants, disposant de peu. Enlever Marthe ! Comme elle n'appartient à personne, qu'à moi, ce serait me l'enlever, puisqu'on nous séparerait. Déjà, nous envisageons la fin de la guerre, qui sera celle de notre amour. Nous le savons, Marthe a beau me jurer qu'elle quittera tout, qu'elle me suivra, je ne suis pas d'une nature portée à la révolte, et, me mettant à la place de Marthe, je n'imagine pas cette folle rupture. Marthe m'explique pourquoi elle se trouvait trop vieille. Dans quinze ans, la vie ne fera encore que commencer pour moi, des femmes m'aimeront, qui auront l'âge qu'elle a. « Je ne pourrais que souffrir, ajoute-t-elle. Si tu me quittes, j'en mourrai. Si tu restes, ce sera par faiblesse, et je souffrirai de te voir sacrifier ton bonheur. »

Malgré mon indignation, je m'en voulais de ne point paraître assez convaincu du contraire. Mais Marthe ne demandait qu'à l'être, et mes plus mauvaises raisons lui semblaient bonnes. Elle répondait : « Oui, je n'ai pas pensé à cela. Je sens bien que tu ne mens pas. » Moi, devant les craintes de Marthe, je sentais ma confiance moins solide. Alors mes consolations étaient molles. J'avais l'air de ne la détromper que par politesse. Je lui disais : « Mais non, mais non, tu es folle. » Hélas ! j'étais trop sensible à la jeunesse pour ne pas envisager que je me détacherais de Marthe, le jour où sa jeunesse se fanerait, et que s'épanouirait la mienne.

Bien que mon amour me parût avoir atteint sa forme définitive, il était à l'état d'ébauche. Il faiblissait au moindre obstacle.

Donc, les folies que cette nuit-là firent nos âmes, nous fatiguèrent davantage que celles de notre chair. Les unes semblaient nous reposer des autres ; en réalité, elles nous achevaient. Les coqs, plus nombreux, chantaient. Ils avaient chanté toute la nuit. Je m'aperçus de ce mensonge poétique : les coqs chantent au lever du soleil. Ce n'était pas extraordinaire. Mon âge ignorait l'insomnie. Mais Marthe le remarqua aussi, avec tant de surprise, que ce ne pouvait être que la première fois. Elle ne put comprendre la force avec laquelle je la serrai contre moi, car sa surprise me donnait la preuve qu'elle n'avait pas encore passé une nuit blanche avec Jacques.

Mes transes me faisaient prendre notre amour pour un amour exceptionnel. Nous croyons être les premiers à ressentir certains troubles, ne sachant pas que l'amour est comme la poésie, et que tous les amants, même les plus médiocres, s'imaginent qu'ils innovent. Disais-je à Marthe (sans y croire d'ailleurs), mais pour lui faire penser que je partageais ses inquiétudes : « Tu me délaisseras, d'autres hommes te plairont », elle m'affirmait être sûre d'elle. Moi, de mon côté, je me persuadais peu à peu que je lui resterais, même quand elle serait moins jeune, ma paresse finissant par faire dépendre notre éternel bonheur de son énergie.

Le sommeil nous avait surpris dans notre nudité. À mon réveil, la voyant découverte, je craignis qu'elle n'eût froid. Je tâtai son corps. Il était brûlant. La voir dormir me procurait une volupté sans égale. Au bout de dix minutes, cette volupté me parut insupportable. J'embrassai Marthe sur l'épaule. Elle ne s'éveilla pas. Un second baiser, moins chaste, agit avec la violence d'un réveille-matin. Elle sursauta, et, se frottant les yeux, me couvrit de baisers, comme quelqu'un qu'on aime et qu'on retrouve dans son lit après avoir rêvé qu'il est mort. Elle, au contraire, avait cru rêver ce qui était vrai, et me retrouvait au réveil.

Il était déjà onze heures. Nous buvions notre chocolat, quand nous entendîmes la sonnette. Je pensai à Jacques : « Pourvu qu'il ait une arme. » Moi qui avais si peur de la mort, je ne tremblais pas. Au contraire, j'aurais accepté que ce fût Jacques, à condition qu'il nous tuât. Toute autre solution me semblait ridicule.

Envisager la mort avec calme ne compte que si nous l'envisageons seul. La mort à deux n'est plus la mort, même pour les incrédules. Ce qui chagrine, ce n'est pas de quitter la vie, mais de quitter ce qui lui donne un sens. Lorsqu'un amour est notre vie, quelle différence y a-t-il entre vivre ensemble ou mourir ensemble ?

Je n'eus pas le temps de me croire un héros, car, pensant que peut-être Jacques ne tuerait que Marthe, ou moi, je mesurai mon égoïsme. Savais-je même, de ces deux drames, lequel était le pire ?

Comme Marthe ne bougeait pas, je crus m'être trompé, et qu'on avait sonné chez les propriétaires. Mais la sonnette retentit de nouveau.

— Tais-toi, ne bouge pas ! murmura-t-elle, ce doit être ma mère. J'avais complètement oublié qu'elle passerait après la messe.

J'étais heureux d'être témoin d'un de ses sacrifices. Dès qu'une maîtresse, un ami, sont en retard de quelques minutes à un rendez-vous, je les vois morts. Attribuant cette forme d'angoisse à sa mère, je savourais sa crainte, et que ce fût par ma faute qu'elle l'éprouvât.

Nous entendîmes la grille du jardin se refermer, après un conciliabule (évidemment, Mme Grangier demandait au rez-de-chaussée si on avait vu ce matin sa fille). Marthe regarda derrière les volets et me dit : « C'était bien elle. » Je ne pus résister au plaisir de voir, moi aussi, Mme Grangier repartant, son livre de messe à la main, inquiète de l'absence incompréhensible de sa fille. Elle se retourna encore vers les volets clos.

Maintenant qu'il ne me restait plus rien à désirer, je me sentais devenir injuste. Je m'affectais de ce que Marthe pût mentir sans scrupules à sa mère, et ma mauvaise foi lui reprochait de pouvoir mentir. Pourtant l'amour, qui est l'égoïsme à deux, sacrifie tout à soi, et vit de mensonges. Poussé par le même démon, je lui fis encore le reproche de m'avoir caché l'arrivée de son mari. Jusqu'alors, j'avais maté mon despotisme, ne me sentant pas le droit de régner sur Marthe. Ma dureté avait des accalmies. Je gémissais : « Bientôt tu me prendras en horreur. Je suis comme ton mari, aussi brutal. — Il n'est pas brutal », disait-elle. Je reprenais de plus belle : « Alors, tu nous trompes tous les deux, dis-moi que tu l'aimes, sois contente : dans huit jours tu pourras me tromper avec lui. »

Elle se mordait les lèvres, pleurait : « Qu'ai-je donc fait qui te rende aussi méchant ? Je t'en supplie, n'abîme pas notre premier jour de bonheur.

— Il faut que tu m'aimes bien peu pour qu'aujourd'hui soit ton premier jour de bonheur.

Ces sortes de coups blessent celui qui les porte. Je ne pensais rien de ce que je disais, et pourtant j'éprouvais le besoin de le dire. Il m'était impossible d'expliquer à Marthe que mon amour grandissait. Sans doute atteignait-il l'âge ingrat, et cette taquinerie féroce, c'était la mue de l'amour devenant passion. Je souffrais. Je suppliai Marthe d'oublier mes attaques.

La bonne des propriétaires glissa des lettres sous la porte. Marthe les prit. Il y en avait deux de Jacques. Comme réponse à mes doutes : « Fais-en, dit-elle, ce que bon te semble. » J'eus honte. Je lui demandai de les lire, mais de les garder pour elle. Marthe, par un de ces réflexes qui nous poussent aux pires bravades, déchira une des enveloppes. Difficile à déchirer, la lettre devait être longue. Son geste devint une nouvelle occasion de reproches. Je détestais cette bravade, le remords qu'elle ne manquerait pas d'en ressentir. Je fis, malgré tout, un effort, et, voulant qu'elle ne déchirât point la seconde lettre, je gardai pour moi que d'après cette scène il était impossible que Marthe ne fût pas méchante. Sur ma demande, elle la lut. Un réflexe pouvait lui faire déchirer la première lettre, mais non lui faire dire, après avoir parcouru la seconde : « Le Ciel nous récompense de n'avoir pas déchiré la lettre. Jacques m'y annonce que les permissions viennent d'être suspendues dans son secteur, il ne viendra pas avant un mois. »

L'amour seul excuse de telles fautes de goût.

Ce mari commençait à me gêner, plus que s'il avait été là et que s'il avait fallu prendre garde. Une lettre de lui prenait soudain l'importance d'un spectre. Nous déjeunâmes tard. Vers cinq heures, nous allâmes nous promener au bord de l'eau. Marthe resta stupéfaite lorsque d'une touffe d'herbes je sortis un panier, sous l'œil de la sentinelle. L'histoire du panier l'amusa bien. Je n'en craignais plus le grotesque. Nous marchions, sans nous rendre compte de l'indécence de notre tenue, nos corps collés l'un contre l'autre. Nos doigts s'enlaçaient. Ce premier dimanche de soleil avait fait pousser les promeneurs à chapeau de paille, comme la pluie les champignons. Les gens qui connaissaient Marthe n'osaient pas lui dire bonjour ; mais elle, ne se rendant compte de rien, leur disait bonjour sans malice. Ils durent y voir une fanfaronnade. Elle m'interrogeait pour savoir comment je m'étais enfui de la maison. Elle riait, puis sa figure s'assombrissait ; alors elle me remerciait, en me serrant les doigts de toutes ses forces, d'avoir couru tant de risques. Nous repassâmes chez elle pour y déposer le panier. À vrai dire, j'entrevis pour ce panier, sous forme d'envoi aux armées, une fin digne de ces aventures. Mais cette fin était si choquante que je la gardai pour moi.

Marthe voulait suivre la Marne jusqu'à La Varenne. Nous dînerions en face de l'île d'Amour. Je lui promis de lui montrer le musée de l'Écu de France, le premier musée que j'avais vu, tout enfant, et qui m'avait ébloui. J'en parlais à Marthe comme d'une chose très intéressante. Mais quand nous constatâmes que ce musée était une farce, je ne voulus pas admettre que je m'étais trompé à ce point. Les ciseaux de Fulbert[1] ! tout ! j'avais tout cru. Je prétendis avoir fait à Marthe une plaisanterie innocente. Elle ne comprenait pas, car il était peu dans mes habitudes de plaisanter. À vrai dire, cette déconvenue me rendait mélancolique. Je me disais : Peut-être moi qui, aujourd'hui, crois tellement à l'amour de Marthe, y verrai-je un attrape-nigaud, comme le musée de l'Écu de France !

Car je doutais souvent de son amour. Quelquefois, je me demandais si je n'étais pas pour elle un passe-temps,

---

1. Les « ciseaux de Fulbert » font allusion à la célèbre histoire d'amour entre Héloïse et Abélard. Chanoine de Notre-Dame de Paris, Abélard (1079-1142) s'éprend de la jeune Héloïse (1101-1164) qui devient sa maîtresse et qu'il épouse en secret. Découvrant la situation, le chanoine Fulbert, dont Héloïse est la nièce, décide d'émasculer Abélard. Les deux amants n'en continueront pas moins à avoir une correspondance passionnelle et d'une haute spiritualité.

un caprice dont elle pourrait se détacher du jour au lendemain, la paix la rappelant à ses devoirs. Pourtant, me disais-je, il y a des moments où une bouche, des yeux, ne peuvent mentir. Certes. Mais une fois ivres, les hommes les moins généreux se fâchent si l'on n'accepte pas leur montre, leur portefeuille. Dans cette veine, ils sont aussi sincères que s'ils se trouvent en état normal. Les moments où on ne peut pas mentir sont précisément ceux où l'on ment le plus, et surtout à soi-même. Croire une femme « au moment où elle ne peut mentir », c'est croire à la fausse générosité d'un avare.

Ma clairvoyance n'était qu'une forme plus dangereuse de ma naïveté. Je me jugeais moins naïf, je l'étais sous une autre forme, puisque aucun âge n'échappe à la naïveté. Celle de la vieillesse n'est pas la moindre. Cette prétendue clairvoyance m'assombrissait tout, me faisait douter de Marthe. Plutôt, je doutais de moi-même, ne me trouvant pas digne d'elle. Aurais-je eu mille fois plus de preuves de son amour, je n'aurais pas été moins malheureux.

Je savais trop le trésor de ce qu'on n'exprime jamais à ceux qu'on aime, par la crainte de paraître puéril, pour ne pas redouter chez Marthe cette pudeur navrante, et je souffrais de ne pouvoir pénétrer son esprit.

Je revins à la maison à neuf heures et demie du soir. Mes parents m'interrogèrent sur ma promenade. Je leur décrivis avec enthousiasme la forêt de Sénart et ses fougères deux fois hautes comme moi. Je parlai aussi de Brunoy, charmant village où nous avions déjeuné. Tout à coup, ma mère, moqueuse, m'interrompant :

— À propos, René est venu cet après-midi à quatre heures, très étonné en apprenant qu'il faisait une grande promenade avec toi.

J'étais rouge de dépit. Cette aventure, et bien d'autres, m'apprirent que, malgré certaines dispositions, je ne suis pas fait pour le mensonge. On m'y attrape toujours. Mes parents n'ajoutèrent rien d'autre. Ils eurent le triomphe modeste.

Mon père, d'ailleurs, était inconsciemment complice de mon premier amour. Il l'encourageait plutôt, ravi que ma précocité s'affirmât d'une façon ou d'une autre. Il avait aussi toujours eu peur que je tombasse entre les mains d'une mauvaise femme. Il était content de me savoir aimé d'une brave fille. Il ne devait se cabrer que le jour où il eut la preuve que Marthe souhaitait le divorce.

Ma mère, elle, ne voyait pas notre liaison d'un aussi bon œil. Elle était jalouse. Elle regardait Marthe avec des yeux de rivale. Elle trouvait Marthe antipathique, ne se rendant pas compte que toute femme, du fait de mon amour, le lui serait devenue. D'ailleurs, elle se préoccupait plus que mon père du qu'en-dira-t-on. Elle s'étonnait que Marthe pût se compromettre avec un gamin de mon âge. Puis, elle avait été élevée à F... Dans toutes ces petites villes de banlieue, du moment qu'elles s'éloignent de la banlieue ouvrière, sévissent les mêmes passions, la même soif de racontars qu'en province. Mais, en outre, le voisinage de Paris rend les racontars, les suppositions plus délurés. Chacun y doit tenir son rang. C'est ainsi que pour avoir une maîtresse, dont le mari était soldat, je vis peu à peu, et sur l'injonction de leurs parents, s'éloigner mes camarades. Ils disparurent par ordre hiérarchique : depuis le fils du notaire, jusqu'à celui de notre jardinier. Ma mère était atteinte par ces mesures qui me semblaient un hommage. Elle me voyait perdu par une folle. Elle reprochait certainement à mon père de me l'avoir fait connaître, et de fermer les yeux. Mais, estimant que c'était à mon père d'agir, et mon père se taisant, elle gardait le silence.

Je passais toutes mes nuits chez Marthe. J'y arrivais à dix heures et demie, j'en repartais le matin à cinq ou six. Je ne sautais plus par-dessus les murs. Je me contentais d'ouvrir la porte avec ma clef ; mais cette franchise exigeait quelques soins. Pour que la cloche ne donnât pas l'éveil, j'enveloppais le soir son battant avec de l'ouate. Je l'ôtais le lendemain en rentrant.

À la maison, personne ne se doutait de mes absences ; il n'en allait pas de même à J... Depuis quelque temps déjà, les propriétaires et le vieux ménage me voyaient d'un assez mauvais œil, répondant à peine à mes saluts.

Le matin, à cinq heures, pour faire le moins de bruit possible, je descendais, mes souliers à la main. Je les remettais en bas. Un matin, je croisai dans l'escalier le garçon laitier. Il tenait ses boîtes de lait à la main ; je tenais, moi, mes souliers. Il me souhaita le bonjour avec un sourire terrible. Marthe était perdue. Il allait le raconter dans tout J... Ce qui me torturait encore le plus était mon ridicule. Je pouvais acheter le silence du garçon laitier, mais je m'en abstins faute de savoir comment m'y prendre.

L'après-midi, je n'osai rien en dire à Marthe. D'ailleurs, cet épisode était inutile pour que Marthe fût compromise. C'était depuis longtemps chose faite. La rumeur me l'attribua même comme maîtresse bien avant la réalité. Nous ne nous étions rendu compte de rien. Nous allions bientôt voir clair. C'est ainsi qu'un jour, je trouvai Marthe sans forces. Le propriétaire venait de lui dire que depuis quatre jours, il guettait mon départ à l'aube. Il avait d'abord refusé de croire, mais il ne lui restait aucun doute. Le vieux ménage dont la chambre était sous celle de Marthe se plaignait du bruit que nous faisions nuit et jour. Marthe était atterrée, voulait partir. Il ne fut pas question d'apporter un peu de prudence dans nos rendez-vous. Nous nous en sentions incapables : le pli était pris. Alors Marthe commença de comprendre bien des choses qui l'avaient surprise. La seule amie qu'elle chérît vraiment, une jeune fille suédoise, ne répondait pas à ses lettres. J'appris que le correspondant de cette jeune fille nous ayant un jour aperçus dans le train, enlacés, il lui avait conseillé de ne pas revoir Marthe.

Je fis promettre à Marthe que s'il éclatait un drame, où que ce fût, soit chez ses parents, soit avec son mari, elle montrerait de la fermeté. Les menaces du propriétaire, quelques rumeurs, me donnaient tout lieu de craindre, et d'espérer à la fois, une explication entre Marthe et Jacques.

Marthe m'avait supplié de venir la voir souvent, pendant la permission de Jacques, à qui elle avait déjà parlé de moi. Je refusai, redoutant de jouer mal mon rôle et de voir Marthe avec un homme empressé auprès d'elle. La permission devait être de onze jours. Peut-être tricherait-il et trouverait-il le moyen de rester deux jours de plus. Je fis jurer à Marthe de m'écrire chaque jour. J'attendis trois jours avant de me rendre à la poste restante, pour être sûr de trouver une lettre. Il y en avait déjà quatre. Je ne pus les prendre : il me manquait un des papiers d'identité nécessaires. J'étais d'autant moins à l'aise que j'avais falsifié mon bulletin de naissance, l'usage de la poste restante n'étant permis qu'à partir de dix-huit ans. J'insistais, au guichet, avec l'envie de jeter du poivre dans les yeux de la demoiselle des postes, de m'emparer des lettres qu'elle tenait et ne me donnerait pas. Enfin, comme j'étais connu à la poste, j'obtins, faute de mieux, qu'on les envoyât le lendemain chez mes parents.

Décidément, j'avais encore fort à faire pour devenir un homme. En ouvrant la première lettre de Marthe, je me demandai comment elle exécuterait ce tour de force : écrire une lettre d'amour. J'oubliais qu'aucun genre épistolaire n'est moins difficile : il n'y est besoin que d'amour. Je trouvai les lettres de Marthe admirables, et dignes des plus belles que j'avais lues. Pourtant, Marthe m'y disait des choses bien ordinaires, et son supplice de vivre loin de moi.

Il m'étonnait que ma jalousie ne fût pas plus mordante. Je commençais à considérer Jacques comme « le mari ». Peu à peu, j'oubliais sa jeunesse, je voyais en lui un barbon.

Je n'écrivais pas à Marthe ; il y avait tout de même trop de risques. Au fond, je me trouvais plutôt heureux d'être tenu à ne pas lui écrire, éprouvant, comme devant toute nouveauté, la crainte vague de n'être pas capable, et que mes lettres la choquassent ou lui parussent naïves.

Ma négligence fit qu'au bout de deux jours, ayant laissé traîner sur ma table de travail une lettre de Marthe, elle disparut ; le lendemain, elle reparut sur la table. La découverte de cette lettre dérangeait mes plans : j'avais profité de la permission de Jacques, de mes longues heures de présence, pour faire croire chez moi que je me détachais de Marthe. Car, si je m'étais d'abord montré fanfaron pour que mes parents apprissent que j'avais une maîtresse, je commençais à souhaiter qu'ils eussent moins de preuves. Et voici que mon père apprenait la véritable cause de ma sagesse.

Je profitai de ces loisirs pour de nouveau me rendre à l'académie de dessin ; car, depuis longtemps, je dessinais mes nus d'après Marthe. Je ne sais pas si mon père le devinait ; du moins s'étonnait-il malicieusement, et d'une manière qui me faisait rougir, de la monotonie des modèles. Je retournais donc à la Grande-Chaumière, travaillai beaucoup, afin de réunir une provision d'études pour le reste de l'année, provision que je renouvellerais à la prochaine visite du mari.

Je revis aussi René, renvoyé d'Henri-IV. Il allait à Louis-le-Grand. Je l'y cherchais tous les soirs, après la Grande-Chaumière. Nous nous fréquentions en cachette, car depuis son renvoi d'Henri-IV, et surtout depuis Marthe, ses parents, qui naguère me considéraient comme un bon exemple, lui avaient défendu ma compagnie.

René, pour qui l'amour, dans l'amour, semblait un bagage encombrant, me plaisantait sur ma passion pour Marthe. Ne pouvant supporter ses pointes, je lui dis lâchement que je n'avais pas de véritable amour. Son admiration pour moi, qui, ces derniers temps, avait faibli, s'en accrut séance tenante.

Je commençais à m'endormir sur l'amour de Marthe. Ce qui me tourmentait le plus, c'était le jeûne infligé à mes sens. Mon énervement était celui d'un pianiste sans piano, d'un fumeur sans cigarettes.

René, qui se moquait de mon cœur, était pourtant épris d'une femme qu'il croyait aimer sans amour. Ce gracieux animal, Espagnole blonde, se désarticulait si bien qu'il devait sortir d'un cirque. René qui feignait la désinvolture était fort jaloux. Il me supplia, mi-riant, mi-pâlissant, de lui rendre un service bizarre. Ce service, pour qui connaît le collège, était l'idée type du collégien. Il désirait savoir si cette femme le tromperait. Il s'agissait donc de lui faire des avances pour se rendre compte.

Ce service m'embarrassa. Ma timidité reprenait le dessus. Mais pour rien au monde je n'aurais voulu paraître timide et, du reste, la dame vint me tirer d'embarras. Elle me fit des avances si promptes que la timidité, qui empêche certaines choses et oblige à d'autres, m'empêcha de respecter René et Marthe. Du moins espérais-je y trouver du plaisir, mais j'étais comme le fumeur habitué à une seule marque. Il ne me resta donc que le remords d'avoir trompé René, à qui je jurai que sa maîtresse repoussait toute avance.

Vis-à-vis de Marthe, je n'éprouvais aucun remords. Je m'y forçais. J'avais beau me dire que je ne lui pardonnerais jamais si elle me trompait, je n'y pus rien. « Ce n'est pas pareil », me donnai-je comme excuse avec la remarquable platitude que l'égoïsme apporte dans ses réponses. De même j'admettais fort bien de ne pas écrire à Marthe, mais, si elle ne m'avait pas écrit, j'y eusse vu qu'elle ne m'aimait pas. Pourtant, cette légère infidélité renforça mon amour.

Jacques ne comprenait rien à l'attitude de sa femme. Marthe, plutôt bavarde, ne lui adressait pas la parole. S'il lui demandait : « Qu'as-tu ? » elle répondait : « Rien. »

Mme Grangier eut différentes scènes avec le pauvre Jacques. Elle l'accusait de maladresse envers sa fille, se repentait de la lui avoir donnée. Elle attribuait à cette maladresse de Jacques le brusque changement survenu dans le caractère de sa fille. Elle voulut la reprendre chez elle. Jacques s'inclina. Quelques jours après son arrivée, il accompagna Marthe chez sa mère, qui, flattant ses moindres caprices, encourageait sans se rendre compte son amour pour moi. Marthe était née dans cette demeure. Chaque chose, disait-elle à Jacques, lui rappelait le temps heureux où elle s'appartenait. Elle devait dormir dans sa chambre de jeune fille. Jacques voulut que tout au moins on y dressât un lit pour lui. Il provoqua une crise de nerfs. Marthe refusait de souiller cette chambre virginale.

M. Grangier trouvait ces pudeurs absurdes.

Mme Grangier en profita pour dire à son mari et à son gendre qu'ils ne comprenaient rien à la délicatesse féminine. Elle se sentait flattée que l'âme de sa fille appartînt si peu à Jacques. Car tout ce que Marthe ôtait à son mari, Mme Grangier se l'attribuait, trouvant ses scrupules sublimes. Sublimes, ils l'étaient, mais pour moi.

Les jours où Marthe se prétendait le plus malade, elle exigeait de sortir. Jacques savait bien que ce n'était pas pour le plaisir de l'accompagner. Marthe, ne pouvant confier à personne les lettres à mon adresse, les mettait elle-même à la poste.

Je me félicitai encore plus de mon silence, car, si j'avais pu lui écrire, en réponse au récit des tortures qu'elle infligeait, je fusse intervenu en faveur de la victime. À certains moments, je m'épouvantais du mal dont j'étais l'auteur ; à d'autres, je me disais que Marthe ne punirait jamais assez Jacques du crime de me l'avoir prise vierge. Mais comme rien ne nous rend moins « sentimental » que la passion, j'étais, somme toute, ravi de ne pouvoir écrire et qu'ainsi Marthe continuât de désespérer Jacques.

Il repartit sans courage.

Tous mirent cette crise sur le compte de la solitude énervante dans laquelle vivait Marthe. Car ses parents et son mari étaient les seuls à ignorer notre liaison, les propriétaires n'osant rien apprendre à Jacques par respect pour l'uniforme. Mme Grangier se félicitait déjà de retrouver sa fille, et qu'elle vécût comme avant son mariage. Aussi les Grangier n'en revinrent-ils pas lorsque Marthe, le lendemain du départ de Jacques, annonça qu'elle retournait à J...

Je l'y revis le jour même. D'abord, je la grondai mollement d'avoir été si méchante. Mais quand je lus la première lettre de Jacques, je fus pris de panique. Il disait combien, s'il n'avait plus l'amour de Marthe, il lui serait facile de se faire tuer.

Je ne démêlai pas le « chantage ». Je me vis responsable d'une mort, oubliant que je l'avais souhaitée. Je devins encore plus incompréhensible et plus injuste. De quelque côté que nous nous tournions s'ouvrait une blessure. Marthe avait beau me répéter qu'il était moins inhumain de ne plus flatter l'espoir de Jacques, c'est moi qui l'obligeais de répondre avec douceur. C'est moi qui dictais à sa femme les seules lettres tendres qu'il en ait jamais reçues. Elle les écrivait en se cabrant, en pleurant, mais je la menaçais de ne jamais revenir, si elle n'obéissait pas. Que Jacques me dût ses seules joies atténuait mes remords.

Je vis combien son désir de suicide était superficiel, à l'espoir qui débordait de ses lettres, en réponse aux *nôtres*.

J'admirais mon attitude, vis-à-vis du pauvre Jacques, alors que j'agissais par égoïsme et par crainte d'avoir un crime sur la conscience.

Une période heureuse succéda au drame. Hélas ! un sentiment de provisoire subsistait. Il tenait à mon âge et à ma nature veule. Je n'avais de volonté pour rien, ni pour fuir Marthe qui peut-être m'oublierait, et retournerait au devoir, ni pour pousser Jacques dans la mort. Notre union était donc à la merci de la paix, du retour définitif des troupes. Qu'il chasse sa femme, elle me resterait. Qu'il la garde, je me sentais incapable de la lui reprendre de force. Notre bonheur était un château de sable. Mais ici la marée n'étant pas à heure fixe, j'espérais qu'elle monterait le plus tard possible.

Maintenant, c'est Jacques, charmé, qui défendait Marthe contre sa mère, mécontente du retour à J... Ce retour, l'aigreur aidant, avait du reste éveillé chez Mme Grangier quelques soupçons. Autre chose lui paraissait suspect : Marthe refusait d'avoir des domestiques, au grand scandale de sa famille et, encore plus, de sa belle-famille. Mais que pouvaient parents et beaux-parents contre Jacques devenu notre allié, grâce aux raisons que je lui donnais par l'intermédiaire de Marthe.

C'est alors que J... ouvrit le feu sur elle.

Les propriétaires affectaient de ne plus lui parler. Personne ne la saluait. Seuls les fournisseurs étaient professionnellement tenus à moins de morgue. Aussi, Marthe, sentant quelquefois le besoin d'échanger des paroles, s'attardait dans les boutiques. Lorsque j'étais chez elle, si elle s'absentait pour acheter du lait et des gâteaux, et qu'au bout de cinq minutes elle ne fût pas de retour, l'imaginant sous un tramway, je courais à toutes jambes jusque chez la crémière ou le pâtissier.

Je l'y trouvais causant avec eux. Fou de m'être laissé prendre à mes angoisses nerveuses, aussitôt dehors, je m'emportais. Je l'accusais d'avoir des goûts vulgaires, de trouver un charme à la conversation des fournisseurs. Ceux-ci, dont j'interrompais les propos, me détestaient.

L'étiquette des cours est assez simple, comme tout ce qui est noble. Mais rien n'égale en énigmes le protocole des petites gens. Leur folie des préséances se fonde, d'abord, sur l'âge. Rien ne les choquerait plus que la révérence d'une vieille duchesse à quelque jeune prince. On devine la haine du pâtissier, de la crémière, à voir un gamin interrompre leurs rapports familiers avec Marthe. Ils lui eussent à elle trouvé mille excuses, à cause de ces conversations.

Les propriétaires avaient un fils de vingt-deux ans. Il vint en permission. Marthe l'invita à prendre le thé.

Le soir, nous entendîmes des éclats de voix : on lui défendait de revoir la locataire. Habitué à ce que mon père ne mît son veto à aucun de mes actes, rien ne m'étonna plus que l'obéissance du dadais.

Le lendemain, comme nous traversions le jardin, il bêchait. Sans doute était-ce un pensum. Un peu gêné, malgré tout, il détourna la tête pour ne pas avoir à dire bonjour.

Ces escarmouches peinaient Marthe ; assez intelligente et assez amoureuse pour se rendre compte que le bonheur ne réside pas dans la considération des voisins, elle était comme ces poètes qui savent que la vraie poésie est chose « maudite », mais qui, malgré leur certitude, souffrent parfois de ne pas obtenir les suffrages qu'ils méprisent.

Les conseillers municipaux jouent toujours un rôle dans mes aventures. M. Marin qui habitait en dessous de chez Marthe, vieillard à barbe grise et de stature noble, était un ancien conseiller municipal de J... Retiré dès avant la guerre, il aimait servir la patrie, lorsque l'occasion se présentait à portée de sa main. Se contentant de désapprouver la politique communale, il vivait avec sa femme, ne recevant et ne rendant de visites qu'aux approches de la nouvelle année.

Depuis quelques jours, un remue-ménage se faisait au-dessous, d'autant plus distinct que nous entendions, de notre chambre, les moindres bruits du rez-de-chaussée. Des frotteurs vinrent. La bonne, aidée par celle du propriétaire, astiquait l'argenterie dans le jardin, ôtait le vert-de-gris des suspensions de cuivre. Nous sûmes par la crémière qu'un raout-surprise [1] se préparait chez les Marin, sous un mystérieux prétexte. Mme Marin était allée inviter le maire et le supplier de lui accorder huit litres de lait. Autoriserait-il aussi la marchande à faire de la crème ?

Les permis accordés, le jour venu (un vendredi), une quinzaine de notables parurent à l'heure dite avec leurs femmes, chacune fondatrice d'une société d'allaitement maternel ou de secours aux blessés, dont elle était la présidente, et, les autres, sociétaires. La maîtresse de cette maison, pour faire « genre », recevait devant la porte. Elle avait profité de l'attraction mystérieuse

---

1. Un « raout » est un terme fort vieilli qui désigne une réunion mondaine. Le regain de vie qu'il connaît dans l'usage contemporain s'assortit d'une nuance de snobisme.

pour transformer son raout en pique-nique. Toutes ces dames prêchaient l'économie et inventaient des recettes. Aussi, leurs douceurs étaient-elles des gâteaux sans farine, des crèmes au lichen, etc. Chaque nouvelle arrivante disait à Mme Marin : « Oh ! ça ne paie pas de mine, mais je crois que ce sera bon tout de même. »

M. Marin, lui, profitait de ce raout pour préparer sa « rentrée politique ».

Or, la surprise, c'était Marthe et moi. La charitable indiscrétion d'un de mes camarades de chemin de fer, le fils d'un des notables, me l'apprit. Jugez de ma stupeur quand je sus que la distraction des Marin était de se tenir sous notre chambre vers la fin de l'après-midi et de surprendre nos caresses.

Sans doute y avaient-ils pris goût et voulaient-ils publier leurs plaisirs. Bien entendu, les Marin, gens respectables, mettaient ce dévergondage sur le compte de la morale. Ils voulaient faire partager leur révolte par tout ce que la commune comptait de gens comme il faut.

Les invités étaient en place. Mme Marin me savait chez Marthe et avait dressé la table sous sa chambre. Elle piaffait. Elle eût voulu la canne du régisseur pour annoncer le spectacle. Grâce à l'indiscrétion du jeune homme, qui trahissait pour mystifier sa famille et par solidarité d'âge, nous gardâmes le silence. Je n'avais pas osé dire à Marthe le motif du pique-nique. Je pensais au visage décomposé de Mme Marin, les yeux sur les aiguilles de l'horloge, et à l'impatience de ses hôtes. Enfin, vers sept heures, les couples se retirèrent bredouilles, traitant tout bas les Marin d'imposteurs et le pauvre M. Marin, âgé de soixante-dix ans, d'arriviste. Ce futur conseiller vous promettait monts et merveilles, et n'attendait même pas d'être élu pour manquer à ses promesses. En ce qui concernait Mme Marin, ces dames virent dans le raout un moyen avantageux pour elle de se fournir du dessert. Le maire, en personnage, avait paru juste quelques minutes ; ces quelques minutes et les huit litres de lait firent chuchoter qu'il était du dernier bien avec la fille des Marin, institutrice à l'école. Le mariage de Mlle Marin avait jadis fait scandale, paraissant peu digne d'une institutrice, car elle avait épousé un sergent de ville.

Je poussai la malice jusqu'à leur faire entendre ce qu'ils eussent souhaité faire entendre aux autres. Marthe s'étonna de cette tardive ardeur. Ne pouvant plus y tenir, et au risque de la chagriner, je lui dis quel était le but du raout. Nous en rîmes ensemble aux larmes.

Mme Marin, peut-être indulgente si j'eusse servi ses plans, ne nous pardonna pas son désastre. Il lui donna de la haine. Mais elle ne pouvait l'assouvir, ne disposant plus de moyens, et n'osant user de lettres anonymes.

Nous étions au mois de mai. Je rencontrais moins Marthe chez elle et n'y couchais que si je pouvais inventer chez moi un mensonge pour y rester le matin. Je l'inventais une ou deux fois la semaine. La perpétuelle réussite de mon mensonge me surprenait. En réalité, mon père ne me croyait pas. Avec une folle indulgence il fermait les yeux, à la seule condition que ni mes frères ni les domestiques ne l'apprissent. Il me suffisait donc de dire que je partais à cinq heures du matin, comme le jour de ma promenade à la forêt de Sénart. Mais ma mère ne préparait plus de panier.

Mon père supportait tout, puis, sans transition, se cabrant, me reprochait ma paresse. Ces scènes se déchaînaient et se calmaient vite, comme les vagues.

Rien n'absorbe plus que l'amour. On n'est pas paresseux, parce que, étant amoureux, on paresse. L'amour sent confusément que son seul dérivatif réel est le travail. Aussi le considère-t-il comme un rival. Et il n'en supporte aucun. Mais l'amour est paresse bienfaisante, comme la molle pluie qui féconde.

Si la jeunesse est niaise, c'est faute d'avoir été paresseuse. Ce qui infirme nos systèmes d'éducation, c'est qu'ils s'adressent aux médiocres, à cause du nombre. Pour un esprit en marche, la paresse n'existe pas. Je n'ai jamais plus appris que dans ces longues journées qui, pour un témoin, eussent semblé vides, et où j'observais mon cœur novice comme un parvenu observe ses gestes à table.

Quand je ne couchais pas chez Marthe, c'est-à-dire presque tous les jours, nous nous promenions après dîner, le long de la Marne, jusqu'à onze heures. Je détachais le canot de mon père. Marthe ramait ; moi, étendu, j'appuyais ma tête sur ses genoux. Je la gênais. Soudain, un coup de rame me cognant, me rappelait que cette promenade ne durerait pas toute la vie.

L'amour veut faire partager sa béatitude. Ainsi, une maîtresse de nature assez froide devient caressante, nous embrasse dans le cou, invente mille agaceries, si nous sommes en train d'écrire une lettre. Je n'avais jamais tel désir d'embrasser Marthe que lorsqu'un travail la distrayait de moi ; jamais tant envie de toucher à ses cheveux, de la décoiffer, que quand elle se coiffait. Dans le canot, je me précipitais sur elle, la jonchant de baisers, pour qu'elle lâchât ses rames, et que le canot dérivât, prisonnier des herbes, des nénuphars blancs et jaunes. Elle y reconnaissait les signes d'une passion incapable de se contenir, alors que me poussait surtout la manie de déranger, si forte. Puis, nous amarrions le canot derrière les hautes touffes. La crainte d'être visibles ou de chavirer, me rendait nos ébats mille fois plus voluptueux.

Aussi ne me plaignais-je point de l'hostilité des propriétaires qui rendait ma présence chez Marthe très difficile.

Ma soi-disant idée fixe de la posséder comme ne l'avait pu posséder Jacques, d'embrasser un coin de sa peau après lui avoir fait jurer que jamais d'autres lèvres que les miennes ne s'y étaient mises, n'était que du libertinage. Me l'avouais-je ? Tout amour comporte sa jeunesse, son âge mûr, sa vieillesse. Étais-je à ce dernier stade où déjà l'amour ne me satisfaisait plus sans certaines recherches. Car si ma volupté s'appuyait sur l'habitude, elle s'avivait de ces mille riens, de ces légères corrections infligées à l'habitude. Ainsi, n'est-ce pas d'abord dans l'augmentation des doses, qui vite deviendraient mortelles, qu'un intoxiqué trouve l'extase, mais dans le rythme qu'il invente, soit en changeant ses heures, soit en usant de supercheries pour dérouter l'organisme.

J'aimais tant cette rive gauche de la Marne, que je

fréquentais l'autre, si différente, afin de pouvoir contempler celle que j'aimais. La rive droite est moins molle, consacrée aux maraîchers, aux cultivateurs, alors que la mienne l'est aux oisifs. Nous attachions le canot à un arbre, allions nous étendre au milieu du blé. Le champ, sous la brise du soir, frissonnait. Notre égoïsme, dans sa cachette, oubliait le préjudice, sacrifiant le blé au confort de notre amour, comme nous y sacrifiions Jacques.

Un parfum de provisoire excitait mes sens. D'avoir goûté à des joies plus brutales, plus ressemblantes à celles qu'on éprouve sans amour avec la première venue, affadissait les autres.

J'appréciais déjà le sommeil chaste, libre, le bien-être de se sentir seul dans un lit aux draps frais. J'alléguais des raisons de prudence pour ne plus passer de nuits chez Marthe. Elle admirait ma force de caractère. Je redoutais aussi l'agacement que donne une certaine voix angélique des femmes qui s'éveillent et qui, comédiennes de race, semblent chaque matin sortir de l'au-delà.

Je me reprochais mes critiques, mes feintes, passant des journées à me demander si j'aimais Marthe plus ou moins que naguère. Mon amour sophistiquait tout. De même que je traduisais faussement les phrases de Marthe, croyant leur donner un sens plus profond, j'interprétais ses silences. Ai-je toujours eu tort ; un certain choc, qui ne se peut décrire, nous prévenant que nous avons touché juste. Mes jouissances, mes angoisses étaient plus fortes. Couché auprès d'elle, l'envie qui me prenait, d'une seconde à l'autre, d'être couché seul, chez mes parents, me faisait augurer l'insupportable d'une vie commune. D'autre part, je ne pouvais imaginer de vivre sans Marthe. Je commençais à connaître le châtiment de l'adultère.

J'en voulais à Marthe d'avoir, avant notre amour, consenti à meubler la maison de Jacques à ma guise. Ces meubles me devinrent odieux, que je n'avais pas choisi pour mon plaisir, mais afin de déplaire à Jacques. Je m'en fatiguais, sans excuses. Je regrettais de n'avoir pas laissé Marthe les choisir seule. Sans doute m'eussent-ils d'abord déplu, mais quel charme, ensuite, de m'y habituer, par amour pour elle. J'étais jaloux que le bénéfice de cette habitude revînt à Jacques.

Marthe me regardait avec de grands yeux naïfs lorsque je lui disais amèrement : « J'espère que, quand nous vivrons ensemble, nous ne garderons pas ces meubles. » Elle respectait tout ce que je disais. Croyant que j'avais oublié que ces meubles venaient de moi, elle n'osait me le rappeler. Elle se lamentait intérieurement de ma mauvaise mémoire.

Dans les premiers jours de juin, Marthe reçut une lettre de Jacques où, enfin, il ne l'entretenait pas que de son amour. Il était malade. On l'évacuait à l'hôpital de Bourges. Je ne me réjouissais pas de le savoir malade, mais qu'il eût quelque chose à dire me soulageait. Passant par J..., le lendemain ou le surlendemain, il suppliait Marthe qu'elle guettât son train sur le quai de la gare. Marthe me montra cette lettre. Elle attendait un ordre.

L'amour lui donnait une nature d'esclave. Aussi, en face d'une telle servitude préambulaire, avais-je du mal à ordonner ou défendre. Selon moi, mon silence voulait dire que je consentais. Pouvais-je l'empêcher d'apercevoir son mari pendant quelques secondes ? Elle garda le même silence. Donc, par une espèce de convention tacite, je n'allai pas chez elle le lendemain.

Le surlendemain matin, un commissionnaire m'apporta chez mes parents un mot qu'il ne devait remettre qu'à moi. Il était de Marthe. Elle m'attendait au bord de l'eau. Elle me suppliait de venir, si j'avais encore de l'amour pour elle.

Je courus jusqu'au banc sur lequel Marthe m'attendait. Son bonjour, si peu en rapport avec le style de son billet, me glaça. Je crus son cœur changé.

Simplement, Marthe avait pris mon silence de l'avant-veille pour un silence hostile. Elle n'avait pas imaginé la moindre convention tacite. À des heures d'angoisse succédait le grief de me voir en vie, puisque seule la mort eût dû m'empêcher de venir hier. Ma stupeur ne pouvait se feindre. Je lui expliquai ma réserve, mon respect pour ses devoirs envers Jacques malade. Elle me crut à demi. J'étais irrité. Je faillis lui dire : « Pour une fois que je ne mens pas... » Nous pleurâmes.

Mais ces confuses parties d'échecs sont interminables, épuisantes, si l'un des deux n'y met bon ordre. En somme, l'attitude de Marthe envers Jacques n'était pas flatteuse. Je l'embrassai, la berçai. « Le silence, dis-je, ne nous réussit pas. » Nous nous promîmes de ne rien nous celer de nos pensées secrètes, moi la plaignant un peu de croire que c'est chose possible.

À J..., Jacques avait cherché des yeux Marthe, puis le train passant devant leur maison, il avait vu les volets ouverts. Sa lettre la suppliait de le rassurer. Il lui demandait de venir à Bourges. « Il faut que tu partes », dis-je, de façon que cette simple phrase ne sentît pas le reproche.

— J'irai, dit-elle, si tu m'accompagnes.

C'était pousser trop loin l'inconscience. Mais ce qu'exprimaient d'amour ses paroles, ses actes les plus choquants, me conduisait vite de la colère à la gratitude. Je me cabrai. Je me calmai. Je lui parlai doucement, ému par sa naïveté. Je la traitais comme un enfant qui demande la lune.

Je lui représentai combien il était immoral qu'elle se fît accompagner par moi. Que ma réponse ne fût pas orageuse, comme celle d'un amant outragé, sa portée s'en accrut. Pour la première fois, elle m'entendait prononcer le mot de « morale ». Ce mot vint à merveille, car, si peu méchante, elle devait bien connaître des crises de doute, comme moi, sur la moralité de notre amour. Sans ce mot, elle eût pu me croire amoral, étant fort bourgeoise, malgré sa révolte contre les excellents préjugés bourgeois. Mais, au contraire, puisque, pour la première fois, je la mettais en garde, c'était une preuve que jusqu'alors je considérais que nous n'avions rien fait de mal.

Marthe regrettait cette espèce de voyage de noces scabreux. Elle comprenait, maintenant, ce qu'il y avait d'impossible.

— Du moins, dit-elle, permets-moi de ne pas y aller.

Ce mot de « morale » prononcé à la légère m'instituait son directeur de conscience. J'en usai comme ces despotes qui se grisent d'un pouvoir nouveau. La puissance ne se montre que si l'on en use avec injustice. Je répondis donc que je ne voyais aucun crime à ce qu'elle n'allât pas à Bourges. Je lui trouvai des motifs qui la persuadèrent : fatigue du voyage, proche convalescence de Jacques. Ces motifs l'innocentaient, sinon aux yeux de Jacques, du moins vis-à-vis de sa belle-famille.

À force d'orienter Marthe dans un sens qui me convenait, je la façonnais peu à peu à mon image. C'est de quoi je m'accusais, et de détruire sciemment notre bonheur. Qu'elle me ressemblât, et que ce fût mon œuvre, me ravissait et me fâchait. J'y voyais une raison de notre entente. J'y discernais aussi la cause de désastres futurs. En effet, je lui avais peu à peu communiqué mon incertitude, qui, le jour des décisions, l'empêcherait d'en prendre aucune. Je la sentais comme moi les mains molles, espérant que la mer épargnerait le château de sable, tandis que les autres enfants s'empressent de bâtir plus loin.

Il arrive que cette ressemblance morale déborde sur le physique. Regard, démarche : plusieurs fois, des étrangers nous prirent pour frère et sœur. C'est qu'il existe en nous des germes de ressemblance que développe l'amour. Un geste, une inflexion de voix, tôt ou tard, trahissent les amants les plus prudents.

Il faut admettre que si le cœur a ses raisons que la raison ne connaît pas, c'est que celle-ci est moins raisonnable que notre cœur. Sans doute, sommes-nous tous des Narcisse, aimant et détestant leur image, mais à qui toute autre est indifférente. C'est cet instinct de ressemblance qui nous mène dans la vie, nous criant « halte ! » devant un paysage, une femme, un poème. Nous pouvons en admirer d'autres, sans ressentir ce choc. L'instinct de ressemblance est la seule ligne de conduite qui ne soit pas artificielle. Mais dans la société, seuls les esprits grossiers sembleront ne point pécher contre la morale, poursuivant toujours le même type. Ainsi certains hommes s'acharnent sur les « blondes », ignorant que souvent les ressemblances les plus profondes sont les plus secrètes.

Marthe, depuis quelques jours, semblait distraite, sans tristesse. Distraite, avec tristesse, j'aurais pu m'expliquer sa préoccupation par l'approche du quinze juillet, date à laquelle il lui faudrait rejoindre la famille de Jacques, et Jacques en convalescence, sur une plage de la Manche. À son tour, Marthe se taisait, sursautant au bruit de ma voix. Elle supportait l'insupportable : visites de famille, avanies, sous-entendus aigres de sa mère, bonhommes de son père, qui lui supposait un amant, sans y croire.

Pourquoi supportait-elle tout ? Était-ce la suite de mes leçons lui reprochant d'attacher trop d'importance aux choses, de s'affecter des moindres ? Elle paraissait heureuse, mais d'un bonheur singulier, dont elle ressentait de la gêne, et qui m'était désagréable, puisque je ne la partageais pas. Moi qui trouvais enfantin que Marthe découvrît dans mon mutisme une preuve d'indifférence, à mon tour, je l'accusais de ne plus m'aimer, parce qu'elle se taisait.

Marthe n'osait pas m'apprendre qu'elle était enceinte.

J'eusse voulu paraître heureux de cette nouvelle. Mais d'abord elle me stupéfia. N'ayant jamais pensé que je pouvais devenir responsable de quoi que ce fût, je l'étais du pire. J'enrageais aussi de n'être pas assez homme pour trouver la chose simple. Marthe n'avait parlé que contrainte. Elle tremblait que cet instant qui devait nous rapprocher nous séparât. Je mimai si bien l'allégresse que ses craintes se dissipèrent. Elle gardait les traces profondes de la morale bourgeoise, et cet enfant signifiait pour elle que Dieu récompenserait notre amour, qu'il ne punissait aucun crime.

Alors que Marthe trouvait maintenant dans sa grossesse une raison pour que je ne la quittasse jamais, cette grossesse me consterna. À notre âge, il me semblait impossible, injuste, que nous eussions un enfant qui entraverait notre jeunesse. Pour la première fois, je me rendais à des craintes d'ordre matériel : nous serions abandonnés de nos familles.

Aimant déjà cet enfant, c'est par amour que je le repoussais. Je ne me voulais pas responsable de son existence dramatique. J'eusse été moi-même incapable de la vivre.

L'instinct est notre guide ; un guide qui nous conduit à notre perte. Hier, Marthe redoutait que sa grossesse nous éloignât l'un de l'autre. Aujourd'hui, qu'elle ne m'avait jamais tant aimé, elle croyait que mon amour grandissait comme le sien. Moi, hier, repoussant cet enfant, je commençais aujourd'hui à l'aimer et j'ôtais de l'amour à Marthe, de même qu'au début de notre liaison mon cœur lui donnait ce qu'il retirait aux autres.

Micheline Presle et Gérard Philipe
dans le film de Claude Autant-Lara, 1947.

Maintenant, posant ma bouche sur le ventre de
Marthe, ce n'était plus elle que j'embrassais, c'était
mon enfant. Hélas ! Marthe n'était plus ma maîtresse,
mais une mère.

Je n'agissais plus jamais comme si nous étions seuls.
Il y avait toujours un témoin près de nous, à qui nous
devions rendre compte de nos actes. Je pardonnais mal
ce brusque changement dont je rendais Marthe seule
responsable, et pourtant, je sentais que je lui aurais
moins encore pardonné si elle m'avait menti. À certaines secondes, je croyais que Marthe mentait pour
faire durer un peu plus notre amour, mais que son fils
n'était pas le mien.

Comme un malade qui recherche le calme, je ne savais de quel côté me tourner. Je sentais ne plus aimer la même Marthe et que mon fils ne serait heureux qu'à la condition de se croire celui de Jacques. Certes, ce subterfuge me consternait. Il faudrait renoncer à Marthe. D'autre part, j'avais beau me trouver un homme, le fait actuel était trop grave pour que je me rengorgeasse jusqu'à croire possible une aussi folle (je pensais : une aussi sage) existence.

Car, enfin, Jacques reviendrait. Après cette période extraordinaire, il retrouverait, comme tant d'autres soldats trompés à cause des circonstances exceptionnelles, une épouse triste, docile, dont rien ne décèlerait l'inconduite. Mais cet enfant ne pouvait s'expliquer pour son mari que si elle supportait son contact aux vacances. Ma lâcheté l'en supplia.

De toutes nos scènes, celle-ci ne fut ni la moins étrange ni la moins pénible. Je m'étonnai du reste de rencontrer si peu de lutte. J'en eus l'explication plus tard. Marthe n'osait m'avouer une victoire de Jacques à sa dernière permission et comptait, feignant de m'obéir, se refuser au contraire à lui, à Granville, sous prétexte des malaises de son état. Tout cet échafaudage se compliquait de dates dont la fausse coïncidence, lors de l'accouchement, ne laisserait de doutes à personne. « Bah ! me disais-je, nous avons du temps devant nous. Les parents de Marthe redouteront le scandale. Ils l'emmèneront à la campagne et retarderont la nouvelle. »

La date du départ de Marthe approchait. Je ne pouvais que bénéficier de cette absence. Ce serait un essai. J'espérais me guérir de Marthe. Si je n'y parvenais pas, si mon amour était trop vert pour se détacher de lui-même, je savais bien que je retrouverais Marthe aussi fidèle.

Elle partit le douze juillet, à sept heures du matin. Je restai à J... la nuit précédente. En y allant, je me promettais de ne pas fermer l'œil de la nuit. Je ferais une telle provision de caresses, que je n'aurais plus besoin de Marthe pour le reste de mes jours.

Un quart d'heure après m'être couché, je m'endormis.

En général, la présence de Marthe troublait mon sommeil. Pour la première fois, à côté d'elle, je dormis aussi bien que si j'eusse été seul.

À mon réveil, elle était déjà debout. Elle n'avait pas osé me réveiller. Il ne me restait plus qu'une demi-heure avant le train. J'enrageais d'avoir laissé perdre par le sommeil les dernières heures que nous avions à passer ensemble. Elle pleurait aussi de partir. Pourtant, j'eusse voulu employer les dernières minutes à autre chose qu'à boire nos larmes.

Marthe me laissait sa clef, me demandant de venir, de penser à nous, et de lui écrire sur sa table.

Je m'étais juré de ne pas l'accompagner jusqu'à Paris. Mais, je ne pouvais vaincre mon désir de ses lèvres et, comme je souhaitais lâchement l'aimer moins, je mettais ce désir sur le compte du départ, de cette « dernière fois » si fausse, puisque je sentais bien qu'il n'y aurait de dernière fois sans qu'elle le voulût.

À la gare Montparnasse, où elle devait rejoindre ses beaux-parents, je l'embrassai sans retenue. Je cherchais encore mon excuse dans le fait que, sa belle-famille surgissant, il se produirait un drame décisif.

Revenu à F..., accoutumé à n'y vivre qu'en attendant de me rendre chez Marthe, je tâchai de me distraire. Je bêchai le jardin, j'essayai de lire, je jouai à cache-cache avec mes sœurs, ce qui ne m'était pas arrivé depuis cinq ans. Le soir, pour ne pas éveiller de soupçons, il fallut que j'allasse me promener. D'habitude, jusqu'à la Marne, la route m'était légère. Ce soir-là, je me traînai, les cailloux me tordant le pied et précipitant mes battements de cœur. Étendu dans la barque, je souhaitai la mort, pour la première fois. Mais aussi incapable de mourir que de vivre, je comptais sur un assassin charitable. Je regrettais qu'on ne pût mourir d'ennui, ni de peine. Peu à peu, ma tête se vidait, avec un bruit de baignoire. Une dernière succion, plus longue, la tête est vide. Je m'endormis.

Le froid d'une aube de juillet me réveilla. Je rentrai, transi, chez nous. La maison était grande ouverte. Dans l'antichambre mon père me reçut avec dureté. Ma mère avait été un peu malade : on avait envoyé la femme de chambre me réveiller pour que j'allasse chercher le docteur. Mon absence était donc officielle.

Je supportai la scène en admirant la délicatesse instinctive du bon juge qui, entre mille actions d'aspect blâmable, choisit la seule innocente pour permettre au criminel de se justifier. Je ne me justifiai d'ailleurs pas, c'était trop difficile. Je laissai croire à mon père que je rentrais de J..., et, lorsqu'il m'interdit de sortir après le dîner, je le remerciai à part moi d'être encore mon complice et de me fournir une excuse pour ne plus traîner seul dehors.

J'attendais le facteur. C'était ma vie. J'étais incapable du moindre effort pour oublier.

Marthe m'avait donné un coupe-papier, exigeant que je ne m'en servisse que pour ouvrir ses lettres. Pouvais-je m'en servir ? J'avais trop de hâte. Je déchirais les enveloppes. Chaque fois, honteux, je me promettais de garder la lettre un quart d'heure, intacte. J'espérais, par cette méthode, pouvoir à la longue reprendre de l'empire sur moi-même, garder les lettres fermées dans ma poche. Je remettais ce régime au lendemain.

Un jour, impatienté par ma faiblesse, et dans un mouvement de rage, je déchirai une lettre sans la lire. Dès que les morceaux de papier eurent jonché le jardin, je me précipitai, à quatre pattes. La lettre contenait une photographie de Marthe. Moi si superstitieux et qui interprétais les faits les plus minces dans un sens tragique, j'avais déchiré ce visage. J'y vis un avertissement du Ciel. Mes transes ne se calmèrent qu'après avoir passé quatre heures à recoller la lettre et le portrait. Jamais je n'avais fourni un tel effort. La crainte qu'il arrivât malheur à Marthe me soutint pendant ce travail absurde qui me brouillait les yeux et les nerfs.

Un spécialiste avait recommandé les bains de mer à Marthe. Tout en m'accusant de méchanceté, je les lui défendis, ne voulant pas que d'autres que moi pussent voir son corps.

Du reste, puisque de toute manière Marthe devait passer un mois à Granville, je me félicitais de la présence de Jacques. Je me rappelais sa photographie en blanc que Marthe m'avait montrée le jour des meubles. Rien ne me faisait plus peur que les jeunes hommes, sur la plage. D'avance, je les jugeais plus beaux, plus forts, plus élégants que moi.

Son mari la protégerait contre eux.

À certaines minutes de tendresse, comme un ivrogne qui embrasse tout le monde, je rêvassais d'écrire à Jacques, de lui avouer que j'étais l'amant de Marthe, et, m'autorisant de ce titre, de la lui recommander. Parfois, j'enviais Marthe, adorée par Jacques et par moi. Ne devions-nous pas chercher ensemble à faire son bonheur ? Dans ces crises, je me sentais amant complaisant. J'eusse voulu connaître Jacques, lui expliquer les choses, et pourquoi nous ne devions pas être jaloux l'un de l'autre. Puis, tout à coup, la haine redressait cette pente douce.

Dans chaque lettre, Marthe me demandait d'aller chez elle. Son insistance me rappelait celle d'une de mes tantes fort dévote, me reprochant de ne jamais aller sur la tombe de ma grand-mère. Je n'ai pas l'instinct du pèlerinage. Ces devoirs ennuyeux localisent la mort, l'amour.

Ne peut-on penser à une morte, ou à sa maîtresse absente, ailleurs qu'en un cimetière, ou dans certaine chambre ? Je n'essayais pas de l'expliquer à Marthe et lui racontais que je me rendais chez elle ; de même, à ma tante, que j'étais allé au cimetière. Pourtant, je devais aller chez Marthe ; mais dans de singulières circonstances.

Je rencontrai un jour sur le réseau cette jeune fille suédoise à laquelle ses correspondants défendaient de voir Marthe. Mon isolement me fit prendre goût aux enfantillages de cette petite personne. Je lui proposai de venir goûter à J..., en cachette, le lendemain. Je lui cachai l'absence de Marthe, pour qu'elle ne s'effarouchât pas, et ajoutai même combien elle serait heureuse de la revoir. J'affirme que je ne savais au juste ce que je comptais faire. J'agissais comme ces enfants qui, liant connaissance, cherchent à s'étonner entre eux. Je ne résistais pas à voir surprise ou colère sur la figure d'ange de Svéa, quand je serais tenu de lui apprendre l'absence de Marthe.

Oui, c'était sans doute ce plaisir puéril d'étonner parce que je ne trouvais rien à lui dire de surprenant, tandis qu'elle bénéficiait d'une sorte d'exotisme et me surprenait à chaque phrase. Rien de plus délicieux que cette soudaine intimité entre personnes qui se comprennent mal. Elle portait au cou une petite croix d'or, émaillée de bleu, qui pendait sur une robe assez laide que je réinventais à mon goût. Une véritable poupée vivante. Je sentais croître mon désir de renouveler ce tête-à-tête ailleurs qu'en un wagon.

Ce qui gâtait un peu son air de couventine, c'était l'allure d'une élève de l'école Pigier, où d'ailleurs elle étudiait une heure par jour, sans grand profit, le français et la machine à écrire. Elle me montra ses devoirs dactylographiés. Chaque lettre était une faute, corrigée en marge par le professeur. Elle sortit d'un sac à main affreux, évidemment son œuvre, un étui à cigarettes orné d'une couronne comtale. Elle m'offrit une cigarette. Elle ne fumait pas, mais portait toujours cet étui, parce que ses amies fumaient. Elle me parlait de coutumes suédoises que je feignais de connaître : nuit de la Saint-Jean, confitures de myrtilles[1]. Ensuite, elle tira de son sac une photographie de sa sœur jumelle, envoyée de Suède la veille ; à cheval, toute nue, avec sur la tête un chapeau haut de forme de leur grand-père. Je devins écarlate. Sa sœur lui ressemblait tellement que je la soupçonnais de rire de moi, et de montrer sa propre image. Je me mordais les lèvres, pour calmer leur envie d'embrasser cette espiègle naïve. Je dus avoir une expression bien bestiale, car je la vis peureuse, cherchant des yeux le signal d'alarme.

Le lendemain, elle arriva chez Marthe à quatre heures. Je lui dis que Marthe était à Paris mais rentrerait vite. J'ajoutai : « Elle m'a défendu de vous laisser partir avant son retour. » Je comptais ne lui avouer mon stratagème que trop tard.

Heureusement, elle était gourmande. Ma gourmandise à moi prenait une forme inédite. Je n'avais aucune

---

1. La nuit de la Saint-Jean se fête le 24 juin. On y célèbre le début de l'été par des feux allumés sur les places.

Quant aux myrtilles, elles poussent en quantité en Suède sur le sol granitique des steppes.

faim pour la tarte, la glace à la framboise, mais souhaitais être tarte et glace dont elle approchât la bouche. Je faisais avec la mienne des grimaces involontaires.

Ce n'est pas par vice que je convoitais Svéa, mais par gourmandise. Ses joues m'eussent suffi, à défaut de ses lèvres.

Je parlais en prononçant chaque syllabe pour qu'elle comprît bien. Excité par cette amusante dînette, je m'énervais, moi toujours silencieux, de ne pouvoir parler vite. J'éprouvais un besoin de bavardage, de confidences enfantines. J'approchais mon oreille de sa bouche. Je buvais ses petites paroles.

Je l'avais contrainte à prendre une liqueur. Après, j'eus pitié d'elle comme d'un oiseau qu'on grise.

J'espérais que sa griserie servirait mes desseins, car peu m'importait qu'elle me donnât ses lèvres de bon cœur ou non. Je pensai à l'inconvenance de cette scène chez Marthe, mais, me répétai-je, en somme, je ne retire rien à notre amour. Je désirais Svéa comme un fruit, ce dont une maîtresse ne peut être jalouse.

Je tenais sa main dans mes mains qui m'apparurent pataudes. J'aurais voulu la déshabiller, la bercer. Elle s'étendit sur le divan. Je me levai, me penchai à l'endroit où commençaient ses cheveux, duvet encore. Je ne concluais pas de son silence que mes baisers lui fissent plaisir ; mais, incapable de s'indigner, elle ne trouvait aucune façon polie de me repousser en français. Je mordillais ses joues, m'attendant à ce qu'un jus sucré jaillisse, comme des pêches.

Enfin, j'embrassai sa bouche. Elle subissait mes caresses, patiente victime, fermant cette bouche et les yeux. Son seul geste de refus consistait à remuer faiblement la tête de droite à gauche, et de gauche à droite. Je ne me méprenais pas, mais ma bouche y trouvait l'illusion d'une réponse. Je restais auprès d'elle comme je n'avais jamais été auprès de Marthe. Cette résistance qui n'en était pas une flattait mon audace et ma paresse. J'étais assez naïf pour croire qu'il en irait de même ensuite et que je bénéficierais d'un viol facile.

Je n'avais jamais déshabillé de femmes ; j'avais plutôt été déshabillé par elles. Aussi je m'y pris maladroitement, commençant par ôter ses souliers et ses bas. Je baisais ses pieds et ses jambes. Mais quand je voulus dégrafer son corsage, Svéa se débattit comme un petit diable qui ne veut pas aller se coucher et qu'on dévêt de force. Elle me rouait de coups de pied. J'attrapais ses pieds au vol, je les emprisonnais, les baisais. Enfin, la satiété arriva, comme la gourmandise s'arrête après trop de crème et de friandises. Il fallut bien que je lui apprisse ma supercherie, et que Marthe était en voyage. Je lui fis promettre, si elle rencontrait Marthe, de ne jamais lui raconter notre entrevue. Je ne lui avouai pas que j'étais son amant, mais le lui laissai entendre. Le plaisir du mystère lui fit répondre « à demain » quand, rassasié d'elle, je lui demandai par politesse si nous nous reverrions un jour.

Je ne retournai pas chez Marthe. Et peut-être Svéa ne vint-elle pas sonner à la porte close. Je sentais combien blâmable pour la morale courante était ma conduite. Car sans doute sont-ce les circonstances qui m'avaient fait paraître Svéa si précieuse. Ailleurs que dans la chambre de Marthe, l'eussé-je désirée ?

Mais je n'avais pas de remords. Et ce n'est pas en pensant à Marthe que je délaissai la petite Suédoise, mais parce que j'avais tiré d'elle tout le sucre.

Quelques jours après, je reçus une lettre de Marthe. Elle en contenait une de son propriétaire, lui disant que sa maison n'était pas une maison de rendez-vous, quel usage je faisais de la clef de son appartement, où j'avais emmené une femme. « J'ai une preuve de ta traîtrise », ajoutait Marthe. Elle ne me reverrait jamais. Sans doute souffrirait-elle, mais elle préférait souffrir que d'être dupe.

Je savais ces menaces anodines, et qu'il suffirait d'un mensonge, ou même au besoin de la vérité, pour les anéantir. Mais il me vexait que, dans une lettre de rupture, Marthe ne me parlât pas de suicide. Je l'accusai de froideur. Je trouvai sa lettre indigne d'une explication. Car moi, dans une situation analogue, sans penser au suicide, j'aurais cru, par convenance, en devoir menacer Marthe. Trace indélébile de l'âge et du collège : je croyais certains mensonges commandés par le code passionnel.

Une besogne neuve, dans mon apprentissage de l'amour, se présentait : m'innocenter vis-à-vis de Marthe, et l'accuser d'avoir moins de confiance en moi qu'en son propriétaire. Je lui expliquai combien habile était cette manœuvre de la coterie Marin. En effet, Svéa était venue la voir un jour où j'écrivais chez elle, et si j'avais ouvert c'est parce que, ayant aperçu la jeune fille par la fenêtre, et sachant qu'on l'éloignait de Marthe, je ne voulais pas lui laisser croire que Marthe lui tenait rigueur de cette pénible séparation. Sans doute, venait-elle en cachette et au prix de difficultés sans nombre.

Ainsi pouvais-je annoncer à Marthe que le cœur de Svéa lui demeurait intact. Et je terminais en exprimant le réconfort d'avoir pu parler de Marthe, chez elle, avec sa plus intime compagne.

Cette alerte me fit maudire l'amour qui nous force à rendre compte de nos actes, alors que j'eusse tant aimé n'en jamais rendre compte, à moi pas plus qu'aux autres.

Il faut pourtant, me disais-je, que l'amour offre de grands avantages puisque tous les hommes remettent leur liberté entre ses mains. Je souhaitais d'être vite assez fort pour me passer d'amour et, ainsi, n'avoir à sacrifier aucun de mes désirs. J'ignorais que servitude pour servitude, il vaut encore mieux être asservi par son cœur que l'esclave de ses sens.

Comme l'abeille butine et enrichit la ruche — de tous ses désirs qui le prennent dans la rue —, un amoureux enrichit son amour. Il en fait bénéficier sa maîtresse. Je n'avais pas encore découvert cette discipline qui donne aux natures infidèles la fidélité. Qu'un homme convoite une fille et reporte cette chaleur sur la femme qu'il aime, son désir plus vif parce que insatisfait laissera croire à cette femme qu'elle n'a jamais été mieux aimée. On la trompe, mais la morale, selon les gens, est sauve. À de tels calculs, commence le libertinage. Qu'on ne condamne donc pas trop vite certains hommes capables de tromper leur maîtresse au plus fort de leur amour ; qu'on ne les accuse pas d'être frivoles. Ils répugnent à ce subterfuge et ne songent même pas à confondre leur bonheur et leurs plaisirs.

Marthe attendait que je me disculpasse. Elle me supplia de lui pardonner ses reproches. Je le fis, non sans façons. Elle écrivit au propriétaire, le priant ironiquement d'admettre qu'en son absence j'ouvrisse à une de ses amies.

Quand Marthe revint, aux derniers jours d'août, elle n'habita pas J..., mais la maison de ses parents, qui prolongeaient leur villégiature. Ce nouveau décor où Marthe avait toujours vécu me servit d'aphrodisiaque. La fatigue sensuelle, le désir secret du sommeil solitaire, disparurent. Je ne passai aucune nuit chez mes parents. Je flambais, je me hâtais, comme les gens qui doivent mourir jeunes et qui mettent les bouchées doubles. Je voulais profiter de Marthe avant que l'abîmât sa maternité.

Cette chambre de jeune fille, où elle avait refusé la présence de Jacques, était notre chambre. Au-dessus de son lit étroit, j'aimais que mes yeux la rencontrassent en première communiante. Je l'obligeais à regarder fixement une autre image d'elle, bébé, pour que notre enfant lui ressemblât. Je rôdais, ravi, dans cette maison qui l'avait vue naître et s'épanouir. Dans une chambre de débarras, je touchais son berceau, dont je voulais qu'il servît encore, et je lui faisais sortir ses brassières, ses petites culottes, reliques des Grangier.

Je ne regrettais pas l'appartement de J..., où les meubles n'avaient pas le charme du plus laid mobilier des familles. Ils ne pouvaient rien m'apprendre. Au contraire, ici, me parlaient de Marthe tous ces meubles auxquels, petite, elle avait dû se cogner la tête. Et puis, nous vivions seuls, sans conseiller municipal, sans propriétaire. Nous ne nous gênions pas plus que des sauvages, nous promenant presque nus dans le jardin, véritable île déserte. Nous nous couchions sur la pelouse, nous goûtions sous une tonnelle d'aristoloche, de chèvrefeuille, de vigne vierge. Bouche à bouche, nous nous disputions les prunes que je ramassais, toutes blessées, tièdes de soleil. Mon père n'avait jamais pu obtenir que je m'occupasse de mon jardin, comme mes frères, mais je soignais celui de Marthe. Je ratissais, j'arrachais les mauvaises herbes. Au soir d'une journée chaude, je ressentais le même orgueil d'homme, si enivrant, à étancher la soif de la terre, des fleurs suppliantes, qu'à satisfaire le désir d'une femme. J'avais toujours trouvé la bonté un peu niaise : je comprenais toute sa force. Les fleurs s'épanouissant grâce à mes soins, les poules dormant à l'ombre après que je leur avais jeté des graines : que de bonté ? — Que d'égoïsme ! Des fleurs mortes, des poules maigres eussent mis de la tristesse dans notre île d'amour. Eau et graines venant de moi s'adressaient plus à moi qu'aux fleurs et qu'aux poules.

Dans ce renouveau du cœur, j'oubliais ou je méprisais mes récentes découvertes. Je prenais le libertinage provoqué par le contact avec cette maison de famille pour la fin du libertinage. Aussi, cette dernière semaine d'août et ce mois de septembre furent-ils ma seule époque de vrai bonheur. Je ne trichais, ni ne me blessais, ni ne blessais Marthe. Je ne voyais plus d'obstacles. J'envisageais à seize ans un genre de vie qu'on souhaite à l'âge mûr. Nous vivrions à la campagne ; nous y resterions éternellement jeunes.

Étendu contre elle sur la pelouse, caressant sa figure avec un brin d'herbe, j'expliquais lentement, posément, à Marthe, quelle serait notre vie. Marthe, depuis son retour, cherchait un appartement pour nous à Paris. Ses yeux se mouillèrent, quand je lui déclarai que je désirais vivre à la campagne : « Je n'aurais jamais osé te l'offrir, me dit-elle. Je croyais que tu t'ennuierais, seul avec moi, que tu avais besoin de la ville. — Comme tu me connais mal », répondais-je. J'aurais voulu habiter près de Mandres, où nous étions allés nous promener un jour, et où on cultive les roses. Depuis, quand par hasard, ayant dîné à Paris avec

Marthe, nous reprenions le dernier train, j'avais respiré ces roses. Dans la cour de la gare, les manœuvres déchargent d'immenses caisses qui embaument. J'avais, toute mon enfance, entendu parler de ce mystérieux train des roses qui passe à une heure où les enfants dorment.

Marthe disait : « Les roses n'ont qu'une saison. Après, ne crains-tu pas de trouver Mandres laide ? N'est-il pas sage de choisir un lieu moins beau, mais d'un charme plus égal ? »

Je me reconnaissais bien là. L'envie de jouir pendant deux mois des roses me faisait oublier les dix autres mois, et le fait de choisir Mandres m'apportait encore une preuve de la nature éphémère de notre amour.

Souvent, ne dînant pas à F... sous prétexte de promenades ou d'invitations, je restais avec Marthe.

Un après-midi, je trouvai auprès d'elle un jeune homme en uniforme d'aviateur. C'était son cousin. Marthe, que je ne tutoyais pas, se leva et vint m'embrasser dans le cou. Son cousin sourit de ma gêne. « Devant Paul, rien à craindre, mon chéri, dit-elle. Je lui ai tout raconté. » J'étais gêné, mais enchanté que Marthe eût avoué à son cousin qu'elle m'aimait. Ce garçon, charmant et superficiel, et qui ne songeait qu'à ce que son uniforme ne fût pas réglementaire, parut ravi de cet amour. Il y voyait une bonne farce faite à Jacques qu'il méprisait pour n'être ni aviateur ni habitué des bars.

Paul évoquait toutes les parties d'enfance dont ce jardin avait été le théâtre. Je questionnais, avide de cette conversation qui me montrait Marthe sous un jour inattendu. En même temps, je ressentais de la tristesse. Car j'étais trop près de l'enfance pour en oublier les jeux inconnus des parents, soit que les grandes personnes ne gardent aucune mémoire de ces jeux, soit qu'elles les envisagent comme un mal inévitable. J'étais jaloux du passé de Marthe.

Comme nous racontions à Paul, en riant, la haine du

propriétaire, et le raout des Marin, il nous proposa, mis en verve, sa garçonnière de Paris.

Je remarquai que Marthe n'osa pas lui avouer que nous avions projet de vivre ensemble. On sentait qu'il encourageait notre amour, en tant que divertissement, mais qu'il hurlerait avec les loups le jour d'un scandale.

Marthe se levait de table et servait. Les domestiques avaient suivi Mme Grangier à la campagne, car, toujours par prudence, Marthe prétendait n'aimer vivre que comme Robinson. Ses parents, croyant leur fille romanesque, et que les romanesques sont pareils aux fous qu'il ne faut pas contredire, la laissaient seule.

Nous restâmes longtemps à table. Paul montait les meilleures bouteilles. Nous étions gais, d'une gaieté que nous regretterions sans doute, car Paul agissait en confident d'un adultère quelconque. Il raillait Jacques. En me taisant, je risquais de lui faire sentir son manque de tact ; je préférai me joindre au jeu plutôt qu'humilier ce cousin facile.

Lorsque nous regardâmes l'heure, le dernier train pour Paris était passé. Marthe proposa un lit. Paul accepta. Je regardai Marthe d'un tel œil, qu'elle ajouta : « Bien entendu, mon chéri, tu restes. » J'eus l'illusion d'être chez moi, époux de Marthe, et de recevoir un cousin de ma femme, lorsque, sur le seuil de notre chambre, Paul nous dit bonsoir, embrassant sa cousine sur les joues le plus naturellement du monde.

À la fin de septembre, je sentis bien que quitter cette maison c'était quitter le bonheur. Encore quelques mois de grâce, et il nous faudrait choisir, vivre dans le mensonge ou dans la vérité, pas plus à l'aise ici que là. Comme il importait que Marthe ne fût pas abandonnée de ses parents, avant la naissance de notre enfant, j'osai enfin m'enquérir si elle avait prévenu Mme Grangier de sa grossesse. Elle me dit que oui, et qu'elle avait prévenu Jacques. J'eus donc une occasion de constater qu'elle me mentait parfois, car, au mois de mai, après le séjour de Jacques, elle m'avait juré qu'il ne l'avait pas approchée.

La nuit descendait de plus en plus tôt ; et la fraîcheur des soirs empêchait nos promenades. Il nous était difficile de nous voir à J... Pour qu'un scandale n'éclatât pas, il nous fallait prendre des précautions de voleurs, guetter dans la rue l'absence des Marin et du propriétaire.

La tristesse de ce mois d'octobre, de ces soirées fraîches, mais pas assez froides pour permettre du feu, nous conseillait le lit dès cinq heures. Chez mes parents, se coucher le jour signifiait : être malade, ce lit de cinq heures me charmait. Je n'imaginais pas que d'autres y fussent. J'étais seul avec Marthe, couché, arrêté, au milieu d'un monde actif. Marthe nue, j'osais à peine la regarder. Suis-je donc monstrueux ? Je ressentais des remords du plus noble emploi de l'homme. D'avoir abîmé la grâce de Marthe, de voir son ventre saillir, je me considérais comme un vandale. Au début de notre amour, quand je la mordais, ne me disait-elle pas : « Marque-moi » ? Ne l'avais-je pas marquée de la pire façon ?

Maintenant Marthe ne m'était pas seulement la plus aimée, ce qui ne veut pas dire la mieux aimée des maîtresses, mais elle me tenait lieu de tout. Je ne pensais même pas à mes amis ; je les redoutais, au contraire, sachant qu'ils croient nous rendre service en nous détournant de notre route. Heureusement, ils jugent nos maîtresses insupportables et indignes de nous. C'est notre seule sauvegarde. Lorsqu'il n'en va plus ainsi, elles risquent de devenir les leurs.

Mon père commençait à s'effrayer. Mais ayant toujours pris ma défense contre sa sœur et ma mère, il ne voulait pas avoir l'air de se rétracter, et c'est sans rien leur en dire qu'il se ralliait à elles. Avec moi, il se déclarait prêt à tout pour me séparer de Marthe. Il préviendrait ses parents, son mari... Le lendemain, il me laissait libre.

Je devinais ses faiblesses. J'en profitais. J'osais répondre. Je l'accablais dans le même sens que ma mère et ma tante, lui reprochant de mettre trop tard en œuvre son autorité. N'avait-il pas voulu que je connusse Marthe ? Il s'accablait à son tour. Une atmosphère tragique circulait dans la maison. Quel exemple pour mes deux frères : Mon père prévoyait déjà ne rien pouvoir leur répondre un jour, lorsqu'ils justifieraient leur indiscipline par la mienne.

Jusqu'alors, il croyait à une amourette, mais, de nouveau, ma mère surprit une correspondance. Elle lui porta triomphalement ces pièces de son procès. Marthe parlait de notre avenir et de notre enfant !

Ma mère me considérait trop encore comme un bébé, pour me devoir raisonnablement un petit-fils ou une petite-fille. Il lui apparaissait impossible d'être grand-mère à son âge. Au fond, c'était pour elle la meilleure preuve que cet enfant n'était pas le mien.

L'honnêteté peut rejoindre les sentiments les plus vifs. Ma mère, avec sa profonde honnêteté, ne pouvait admettre qu'une femme trompât son mari. Cet acte lui représentait un tel dévergondage qu'il ne pouvait s'agir d'amour. Que je fusse l'amant de Marthe signifiait pour ma mère qu'elle en avait d'autres. Mon père savait combien faux peut être un tel raisonnement, mais l'utilisait pour jeter un trouble dans mon âme, et diminuer Marthe. Il me laissa entendre que j'étais le seul à ne pas « savoir ». Je répliquai qu'on la calomniait de la sorte à cause de son amour pour moi. Mon père, qui ne voulait pas que je bénéficiasse de ces bruits, me certifia qu'ils précédaient notre liaison, et même son mariage.

Après avoir conservé à notre maison une façade digne, il perdait toute retenue, et, quand je n'étais pas rentré depuis plusieurs jours, envoyait la femme de chambre chez Marthe, avec un mot à mon adresse, m'ordonnant de rentrer d'urgence ; sinon il déclarerait ma fuite à la préfecture de police et poursuivrait Mme L. pour détournement de mineur.

Marthe sauvegardait les apparences, prenait un air surpris, disait à la femme de chambre qu'elle me remettrait l'enveloppe à ma première visite. Je rentrais un peu plus tard, maudissant mon âge. Il m'empêchait de m'appartenir. Mon père n'ouvrait pas la bouche, ni ma mère. Je fouillais le code sans trouver les articles de loi concernant les mineurs. Avec une remarquable inconscience, je ne croyais pas que ma conduite me pût mener en maison de correction. Enfin, après avoir épuisé vainement le code, j'en revins au grand Larousse, où je relus dix fois l'article : « mineur », sans découvrir rien qui nous concernât.

Le lendemain, mon père me laissait libre encore.

Pour ceux qui rechercheraient les mobiles de son étrange conduite, je les résume en trois lignes : il me laissait agir à ma guise. Puis, il en avait honte. Il menaçait, plus furieux contre lui que contre moi. Ensuite, la honte de s'être mis en colère le poussait à lâcher les brides.

Mme Grangier, elle, avait été mise en éveil, à son retour de la campagne, par les insidieuses questions des voisins. Feignant de croire que j'étais un frère de

Jacques, ils lui apprenaient notre vie commune. Comme, d'autre part, Marthe ne pouvait se retenir de prononcer mon nom à propos de rien, de rapporter quelque chose que j'avais fait ou dit, sa mère ne resta pas longtemps dans le doute sur la personnalité du frère de Jacques.

Elle pardonnait encore, certaine que l'enfant, qu'elle croyait de Jacques, mettrait un terme à l'aventure. Elle ne raconta rien à M. Grangier, par crainte d'un éclat. Mais elle mettait cette discrétion sur le compte d'une grandeur d'âme dont il importait d'avertir Marthe pour qu'elle lui en sût gré. Afin de prouver à sa fille qu'elle savait tout, elle la harcelait sans cesse, parlait par sous-entendus, et si maladroitement que M. Grangier, seul avec sa femme, la priait de ménager leur pauvre petite, innocente, à qui ces continuelles suppositions finiraient par tourner la tête. À quoi Mme Grangier répondait quelquefois par un simple sourire, de façon à lui laisser entendre que leur fille avait avoué.

Cette attitude, et son attitude précédente, lors du premier séjour de Jacques, m'incitent à croire que Mme Grangier, eût-elle désapprouvé complètement sa fille, pour l'unique satisfaction de donner tort à son mari et à son gendre, lui aurait, devant eux, donné raison. Au fond, Mme Grangier admirait Marthe de tromper son mari, ce qu'elle-même n'avait jamais osé faire, soit par scrupules, soit par manque d'occasion. Sa fille la vengeait d'avoir été, croyait-elle, incomprise. Niaisement idéaliste, elle se bornait à lui en vouloir d'aimer un garçon aussi jeune que moi, et moins apte que n'importe qui à comprendre la « délicatesse féminine ».

Les Lacombe, que Marthe visitait de moins en moins, ne pouvaient, habitant Paris, rien soupçonner. Simplement, Marthe, leur apparaissant toujours plus bizarre, leur déplaisait de plus en plus. Ils étaient inquiets de l'avenir. Ils se demandaient ce que serait ce ménage dans quelques années. Toutes les mères, par principe, ne souhaitent rien tant pour leur fils que le mariage, mais désapprouvent la femme qu'ils choisissent. La mère de Jacques le plaignait donc d'avoir une telle femme. Quant à Mlle Lacombe, la principale raison de ses médisances venait de ce que Marthe détenait, seule, le secret d'une idylle poussée assez loin, l'été où elle avait connu Jacques au bord de la mer. Cette sœur prédisait le plus sombre avenir au ménage, disant que Marthe tromperait Jacques, si par hasard ce n'était déjà chose faite.

L'acharnement de son épouse et de sa fille forçait parfois à sortir de table M. Lacombe, brave homme, qui aimait Marthe. Alors, mère et fille échangeaient un regard significatif. Celui de Mme Lacombe exprimait : « Tu vois, ma petite, comment ces sortes de femmes savent ensorceler nos hommes. » Celui de Mlle Lacombe : « C'est parce que je ne suis pas une Marthe que je ne trouve pas à me marier. » En réalité, la malheureuse, sous prétexte qu'« autre temps autres mœurs » et que le mariage ne se concluait plus à l'ancienne mode, faisait fuir les maris en ne se montrant pas assez rebelle. Ses espoirs de mariage duraient ce que dure une saison balnéaire. Les jeunes gens promettaient de venir, sitôt à Paris, demander la main de Mlle Lacombe. Ils ne donnaient plus signe de vie. Le principal grief de Mlle Lacombe, qui allait coiffer Sainte-Catherine, était peut-être que Marthe eût trouvé si facilement un mari. Elle se consolait en se disant que seul un nigaud comme son frère avait pu se laisser prendre.

Pourtant, quels que fussent les soupçons des familles, personne ne pensait que l'enfant de Marthe pût avoir un autre père que Jacques. J'en étais assez vexé. Il fut même des jours où j'accusais Marthe d'être lâche, pour n'avoir pas encore dit la vérité. Enclin à voir partout une faiblesse qui n'était qu'à moi, je pensais, puisque Mme Grangier glissait sur le commencement du drame, qu'elle fermerait les yeux jusqu'au bout.

L'orage approchait. Mon père menaçait d'envoyer certaines lettres à Mme Grangier. Je souhaitais qu'il exécutât ses menaces. Puis, je réfléchissais. Mme Grangier cacherait les lettres à son mari. Du reste, l'un et l'autre avaient intérêt à ce qu'un orage n'éclatât point. Et j'étouffais. J'appelais cet orage. Ces lettres, c'est à Jacques, directement, qu'il fallait que mon père les communiquât.

Le jour de colère où il me dit que c'était chose faite, je lui eusse sauté au cou. Enfin ! Enfin, il me rendait le service d'apprendre à Jacques ce qui importait qu'il sût. Je plaignais mon père de croire mon amour si faible. Et puis, ces lettres mettraient un terme à celles où Jacques s'attendrissait sur notre enfant. Ma fièvre m'empêchait de comprendre ce que cet acte avait de fou, d'impossible. Je commençai seulement à voir juste lorsque mon père, plus calme, le lendemain, me rassura, croyait-il, m'avouant son mensonge. Il l'estimait inhumain. Certes. Mais où se trouve l'humain et l'inhumain ?

J'épuisais ma force nerveuse en lâcheté, en audace, éreinté par les mille contradictions de mon âge aux prises avec une aventure d'homme.

L'amour anesthésiait en moi tout ce qui n'était pas Marthe. Je ne pensais pas que mon père pût souffrir. Je jugeais de tout si faussement et si petitement que je finissais par croire la guerre déclarée entre lui et moi. Aussi, n'était-ce plus seulement par amour pour Marthe que je piétinais mes devoirs filiaux, mais parfois, oserai-je l'avouer, par esprit de représailles !

Je n'accordais plus beaucoup d'attention aux lettres que mon père faisait porter chez Marthe. C'est elle qui me suppliait de rentrer plus souvent à la maison, de me montrer raisonnable. Alors, je m'écriais : « Vas-tu, toi aussi, prendre parti contre moi ? » Je serrais les dents, tapais du pied. Que je me misse dans un état pareil, à la pensée que j'allais être éloigné d'elle pour quelques heures, Marthe y voyait le signe de la passion. Cette certitude d'être aimée lui donnait une fermeté que je ne lui avais jamais vue. Sûre que je penserais à elle, elle insistait pour que je rentrasse.

Je m'aperçus vite d'où venait son courage. Je commençai à changer de tactique. Je feignais de me rendre à ses raisons. Alors, tout à coup, elle avait une autre figure. À me voir si sage (ou si léger), la peur la prenait que je ne l'aimasse moins. À son tour, elle me suppliait de rester, tant elle avait besoin d'être rassurée.

Pourtant, une fois, rien ne réussit. Depuis déjà trois jours, je n'avais mis les pieds chez mes parents, et j'affirmai à Marthe mon intention de passer encore une nuit avec elle. Elle essaya tout pour me détourner de cette décision : caresses, menaces. Elle sut même feindre à son tour. Elle finit par déclarer que, si je ne rentrais pas chez mes parents, elle coucherait chez les siens.

Je répondis que mon père ne lui tiendrait aucun compte de ce beau geste. Eh bien ! elle n'irait pas chez sa mère. Elle irait au bord de la Marne. Elle prendrait froid, puis mourrait ; elle serait enfin délivrée de moi : « Aie au moins pitié de notre enfant, disait Marthe. Ne compromets pas son existence à plaisir. » Elle m'accusait de m'amuser de son amour, d'en vouloir connaître les limites. En face d'une telle insistance, je lui répétais les propos de mon père : elle me trompait avec n'importe qui ; je ne serais pas dupe. « Une seule raison, lui dis-je, t'empêche de céder. Tu reçois ce soir un de tes amants. » Que répondre à d'aussi folles injustices ? Elle se détourna. Je lui reprochai de ne point bondir sous l'outrage. Enfin, je travaillais si bien qu'elle consentit à passer la nuit avec moi. À condition que ce ne fût pas chez elle. Elle ne voulait pour rien au monde que ses propriétaires pussent dire le lendemain au messager de mes parents qu'elle était là.

Où dormir ?

Nous étions des enfants debout sur une chaise, fiers de dépasser d'une tête les grandes personnes. Les circonstances nous hissaient, mais nous restions incapables. Et si, du fait même de notre inexpérience, certaines choses compliquées nous paraissaient toutes simples, des choses très simples, par contre, devenaient des obstacles. Nous n'avions jamais osé nous servir de la garçonnière de Paul. Je ne pensais pas qu'il fût possible d'expliquer à la concierge, en lui glissant une pièce, que nous viendrions quelquefois.

Il nous fallait donc coucher à l'hôtel. Je n'y étais jamais allé. Je tremblais à la perspective d'en franchir le seuil.

L'enfance cherche des prétextes. Toujours appelée à se justifier devant les parents, il est fatal qu'elle mente. Vis-à-vis même d'un garçon d'hôtel borgne, je pensais devoir me justifier. C'est pourquoi, prétextant qu'il nous faudrait du linge et quelques objets de toilette, je forçais Marthe à faire une valise. Nous demanderions deux chambres. On nous croirait frère et sœur. Jamais je n'oserais demander une seule chambre, mon âge (l'âge où l'on se fait expulser des casinos) m'exposant à des mortifications.

Le voyage, à onze heures du soir, fut interminable. Il y avait deux personnes dans notre wagon : une femme reconduisait son mari, capitaine, à la gare de l'Est. Le wagon n'était ni chauffé ni éclairé. Marthe appuyait sa tête contre la vitre humide. Elle subissait le caprice d'un jeune garçon cruel. J'étais assez honteux, et je souffrais, pensant combien Jacques, toujours si tendre avec elle, méritait mieux que moi d'être aimé.

Je ne pus m'empêcher de me justifier, à voix basse. Elle secoua la tête : « J'aime mieux, murmura-t-elle, être malheureuse avec toi qu'heureuse avec lui. » Voilà de ces mots d'amour qui ne veulent rien dire, et que l'on a honte de rapporter, mais qui, prononcés par la bouche aimée, vous enivrent. Je crus même comprendre la phrase de Marthe. Pourtant que signifiait-elle au juste ? Peut-on être heureux avec quelqu'un qu'on n'aime pas ?

Et je demandais, je me demande encore si l'amour vous donne le droit d'arracher une femme à une destinée, peut-être médiocre, mais pleine de quiétude. « J'aime mieux être malheureuse avec toi... » ; ces mots contenaient-ils un reproche inconscient ? Sans doute, Marthe, parce qu'elle m'aimait, connut-elle avec moi des heures dont, avec Jacques, elle n'avait pas idée, mais ces moments heureux me donnaient-ils le droit d'être cruel ?

Nous descendîmes à la Bastille. Le froid, que je supporte parce que je l'imagine la chose la plus propre du monde, était, dans ce hall de la gare, plus sale que la chaleur dans un port de mer, et sans la gaieté qui compense. Marthe se plaignait de crampes. Elle s'accrochait à mon bras. Couple lamentable, oubliant sa

« *À chaque hôtel, pour ne pas entrer, j'inventais une mauvaise excuse.
Je disais à Marthe que je cherchais un hôtel convenable, un hôtel de
voyageurs, rien que de voyageurs.* »

Le faubourg Saint-Antoine, au début du XXᵉ siècle.

beauté, sa jeunesse, honteux de soi comme un couple
de mendiants !

Je croyais la grossesse de Marthe ridicule, et je marchais les yeux baissés. J'étais bien loin de l'orgueil
paternel.

Nous errions sous la pluie glaciale, entre la Bastille
et la gare de Lyon. À chaque hôtel, pour ne pas entrer,
j'inventais une mauvaise excuse. Je disais à Marthe
que je cherchais un hôtel convenable, un hôtel de
voyageurs, rien que de voyageurs.

Place de la gare de Lyon, il devint difficile de me
dérober. Marthe m'enjoignit d'interrompre ce supplice.

Tandis qu'elle attendait dehors, j'entrai dans un vestibule, espérant je ne sais trop quoi. Le garçon me
demanda si je désirais une chambre. Il était facile de
répondre oui. Ce fut trop facile, et, cherchant une
excuse comme un rat d'hôtel pris sur le fait[1], je lui

---

1. Un rat d'hôtel est une personne qui s'introduit dans les hôtels
pour dévaliser les voyageurs.

demandais Mme Lacombe. Je la lui demandais, rougissant, et craignant qu'il me répondît : « Vous moquez-vous, jeune homme ? Elle est dans la rue. » Il consulta des registres. Je devais me tromper d'adresse. Je sortis, expliquant à Marthe qu'il n'y avait plus de place et que nous n'en trouverions pas dans le quartier. Je respirai. Je me hâtai comme un voleur qui s'échappe.

Tout à l'heure, mon idée fixe de fuir ces hôtels où je menais Marthe de force m'empêchait de penser à elle. Maintenant, je la regardais, la pauvre petite. Je retins mes larmes et quand elle me demanda où nous chercherions un lit, je la suppliai de ne pas en vouloir à un malade, et de retourner sagement elle à J..., moi chez mes parents. Malade ! sagement ! elle fit un sourire machinal en entendant ces mots déplacés.

Ma honte dramatisa le retour. Quand, après les cruautés de ce genre, Marthe avait le malheur de me dire : « Tout de même, comme tu as été méchant », je m'emportais, la trouvais sans générosité. Si, au contraire, elle se taisait, avait l'air d'oublier, la peur me prenait qu'elle agît ainsi, parce qu'elle me considérait comme un malade, un dément. Alors, je n'avais de cesse que je ne lui eusse fait dire qu'elle n'oubliait point, et que, si elle me pardonnait, il ne fallait pas cependant que je profitasse de sa clémence ; qu'un jour, lasse de mes mauvais traitements, sa fatigue l'emporterait sur notre amour, et qu'elle me laisserait seul. Quand je la forçais à me parler avec cette énergie, et bien que je ne crusse pas à ses menaces, j'éprouvais une douleur délicieuse, comparable, en plus fort, à l'émoi que me donnent les montagnes russes[1]. Alors,

---

1. Les « montagnes russes » désignent une attraction foraine constituée par une suite de pentes et de contrepentes parcourues à grande vitesse par un véhicule sur rail (en anglais, « scenic railway »). Cette attraction fit son apparition au XIXe siècle, avec un succès durable.

je me précipitais sur Marthe, l'embrassais plus passionnément que jamais.

— Répète-moi que tu me quitteras, lui disais-je, haletant, et la serrant dans mes bras, jusqu'à la casser. Soumise, comme ne peut même pas l'être une esclave, mais seul un médium, elle répétait, pour me plaire, des phrases auxquelles elle ne comprenait rien.

Cette nuit des hôtels fut décisive, ce dont je me rendis mal compte après tant d'autres extravagances. Mais si je croyais que toute une vie peut boiter de la sorte, Marthe, elle, dans le coin du wagon de retour, épuisée, atterrée, claquant des dents, *comprit tout*. Peut-être même vit-elle qu'au bout de cette course d'une année, dans une voiture, follement conduite, il ne pouvait y avoir d'autre issue que la mort.

Le lendemain, je trouvais Marthe au lit, comme d'habitude. Je voulus l'y rejoindre ; elle me repoussa, tendrement. « Je ne me sens pas bien, disait-elle, va-t'en, ne reste pas près de moi. Tu prendrais mon rhume. » Elle toussait, avait la fièvre. Elle me dit, en souriant, pour n'avoir pas l'air de formuler un reproche, que c'était la veille qu'elle avait dû prendre froid. Malgré son affolement, elle m'empêcha d'aller chercher le docteur. « Ce n'est rien, disait-elle. Je n'ai besoin que de rester au chaud. » En réalité, elle ne voulait pas, en m'envoyant, moi, chez le docteur, se compromettre aux yeux de ce vieil ami de sa famille. J'avais un tel besoin d'être rassuré que le refus de Marthe m'ôta mes inquiétudes. Elles ressuscitèrent, et plus fortes que tout à l'heure, quand, lorsque je partis pour dîner chez mes parents, Marthe me demanda si je pouvais faire un détour, et déposer une lettre chez le docteur.

Le lendemain, en arrivant à la maison de Marthe, je croisai celui-ci dans l'escalier. Je n'osai pas l'interroger, et le regardai anxieusement. Son air calme me fit du bien : ce n'était qu'une attitude professionnelle.

J'entrai chez Marthe. Où était-elle ? La chambre était vide. Marthe pleurait, la tête cachée sous les couvertures. Le médecin la condamnait à garder la chambre, jusqu'à la délivrance. De plus, son état exigeait des soins ; il fallait qu'elle demeurât chez ses parents. On nous séparait.

Le malheur ne s'admet point. Seul, le bonheur semble dû. En admettant cette séparation sans révolte, je ne montrais pas de courage. Simplement, je ne comprenais point. J'écoutais, stupide, l'arrêt du médecin, comme un condamné sa sentence. S'il ne pâlit point : « Quel courage ! » dit-on. Pas du tout : c'est plutôt manque d'imagination. Lorsqu'on le réveille pour l'exécution, alors, il *entend* la sentence. De même, je ne compris que nous n'allions plus nous voir, que lorsqu'on vint annoncer à Marthe la voiture envoyée par le docteur. Il avait promis de n'avertir personne, Marthe exigeant d'arriver chez sa mère à l'improviste.

Je fis arrêter à quelque distance de la maison des Grangier. La troisième fois que le cocher se retourna, nous descendîmes. Cet homme croyait surprendre notre troisième baiser, il surprenait le même. Je quittais Marthe sans prendre les moindres dispositions pour correspondre, presque sans lui dire au revoir, comme une personne qu'on doit rejoindre une heure après. Déjà, des voisines curieuses se montraient aux fenêtres.

Ma mère remarqua que j'avais les yeux rouges. Mes sœurs rirent parce que je laissais deux fois de suite retomber ma cuillère à soupe. Le plancher chavirait. Je n'avais pas le pied marin pour la souffrance. Du reste, je ne crois pouvoir comparer mieux qu'au mal de mer ces vertiges du cœur et de l'âme. La vie sans Marthe, c'était une longue traversée. Arriverais-je ? Comme, aux premiers symptômes du mal de mer, on se moque d'atteindre le port et on souhaite mourir sur place, je me préoccupais peu d'avenir. Au bout de quelques jours, le mal, moins tenace, me laissa le temps de penser à la terre ferme.

Les parents de Marthe n'avaient plus à deviner grand-chose. Ils ne se contentaient pas d'escamoter les lettres. Ils les brûlaient devant elle, dans la cheminée de sa chambre. Les siennes étaient écrites au crayon, à peine lisibles. Son frère les mettait à la poste.

Je n'avais plus à essuyer de scènes de famille. Je reprenais les bonnes conversations avec mon père, le soir, devant le feu. En un an, j'étais devenu un étranger pour mes sœurs. Elles se réapprivoisaient, se réhabituaient à moi. Je prenais la plus petite sur mes genoux, et, profitant de la pénombre, la serrais avec une telle violence, qu'elle se débattait, mi-riante, mi-pleurante. Je pensais à mon enfant, mais j'étais triste. Il me semblait impossible d'avoir pour lui une tendresse plus forte. Étais-je mûr pour qu'un bébé me fût autre chose que frère ou sœur ?

Mon père me conseillait des distractions. Ces conseils-là sont engendrés par le calme. Qu'avais-je à faire, sauf ce que je ne ferais plus ? Au bruit de la sonnette, au passage d'une voiture, je tressaillais. Je guettais dans ma prison les moindres signes de délivrance.

À force de guetter des bruits qui pouvaient annoncer quelque chose, mes oreilles, un jour, entendirent des cloches. C'étaient celles de l'armistice.

Pour moi, l'armistice signifiait le retour de Jacques. Déjà, je le voyais au chevet de Marthe, sans qu'il me fût possible d'agir. J'étais perdu.

Mon père revint à Paris. Il voulait que j'y retournasse avec lui : « On ne manque pas une fête pareille. » Je n'osais refuser. Je craignais de paraître un monstre. Puis, somme toute, dans ma frénésie de malheur, il ne me déplaisait pas d'aller voir la joie des autres.

Avouerai-je qu'elle ne m'inspira pas grande envie. Je me sentais seul capable d'éprouver les sentiments qu'on prête à la foule. Je cherchais le patriotisme. Mon injustice, peut-être, ne me montrait que l'allégresse d'un congé inattendu : les cafés ouverts plus tard, le droit pour les militaires d'embrasser les midinettes. Ce spectacle, dont j'avais pensé qu'il m'affligerait, qu'il me rendrait jaloux, ou même qu'il me distrairait par la contagion d'un sentiment sublime, m'ennuya comme une Sainte-Catherine[1].

---

1. Sainte Catherine d'Alexandrie est une vierge chrétienne qui aurait subi le martyre sous Maxence au IVe siècle. C'est à elle que se rattachent les traditions médiévales sur l'habillage et la coiffe des « catherinettes » — ouvrières de la mode qui font l'objet d'une fête si après 25 ans elles sont restées célibataires.

Depuis quelques jours, aucune lettre ne me parvenait. Un des rares après-midi où il tomba de la neige, mes frères me remirent un message du petit Grangier. C'était une lettre glaciale de Mme Grangier. Elle me priait de venir au plus vite. Que pouvait-elle me vouloir ? La chance d'être en contact, même indirect, avec Marthe, étouffa mes inquiétudes. J'imaginais Mme Grangier m'interdisant de revoir sa fille, de correspondre avec elle, et moi, l'écoutant, tête basse, comme un mauvais élève. Incapable d'éclater, de me mettre en colère, aucun geste ne manifesterait ma haine. Je saluerais avec politesse, et la porte se refermerait pour toujours. Alors, je trouverais les réponses, les arguments de mauvaise foi, les mots cinglants qui eussent pu laisser à Mme Grangier, de l'amant de sa fille, une image moins piteuse que celle d'un collégien pris en faute. Je prévoyais la scène, seconde par seconde.

Lorsque je pénétrai dans le petit salon, il me sembla revivre ma première visite. Cette visite signifiait alors que je ne reverrais peut-être plus Marthe.

Mme Grangier entra. Je souffris pour elle de sa petite taille, car elle s'efforçait d'être hautaine. Elle s'excusa de m'avoir dérangé pour rien. Elle prétendit qu'elle m'avait envoyé ce message pour obtenir un renseignement trop compliqué à demander par écrit, mais qu'entre-temps elle avait eu ce renseignement. Cet absurde mystère me tourmenta plus que n'importe quelle catastrophe.

Près de la Marne, je rencontrai le petit Grangier, appuyé contre une grille. Il avait reçu une boule de neige en pleine figure. Il pleurnichait. Je le cajolai, je l'interrogeai sur Marthe. Sa sœur m'appelait, me dit-il. Leur mère ne voulait rien entendre, mais leur père avait dit : « Marthe est au plus mal, j'exige qu'on obéisse. »

Je compris en une seconde la conduite si bourgeoise, si étrange, de Mme Grangier. Elle m'avait appelé, par respect pour son époux, et la volonté d'une mourante. Mais l'alerte passée, Marthe saine et sauve, on reprenait la consigne. J'eusse dû me réjouir. Je regrettais que la crise n'eût pas duré le temps de me laisser voir la malade.

Deux jours après, Marthe m'écrivit. Elle ne faisait aucune allusion à ma visite. Sans doute la lui avait-on escamotée. Marthe parlait de notre avenir, sur un ton spécial, serein, céleste, qui me troublait un peu. Serait-il vrai que l'amour est la forme la plus violente de l'égoïsme, car, cherchant une raison à mon trouble, je me dis que j'étais jaloux de notre enfant, dont Marthe aujourd'hui m'entretenait plus que de moi-même.

Nous l'attendions pour mars. Un vendredi de janvier, mes frères, tout essoufflés, nous annoncèrent que le petit Grangier avait un neveu. Je ne compris pas leur air de triomphe, ni pourquoi ils avaient tant couru. Ils ne se doutaient certes pas de ce que la nouvelle pouvait avoir d'extraordinaire à mes yeux. Mais un oncle était pour mes frères une personne d'âge. Que le petit Grangier fût oncle tenait donc du prodige, et ils étaient accourus pour nous faire partager leur émerveillement.

C'est l'objet que nous avons constamment sous les yeux que nous reconnaissons avec le plus de difficulté, si on le change un peu de place. Dans le neveu du petit Grangier, je ne reconnus pas tout de suite l'enfant de Marthe — mon enfant.

L'affolement que dans un lieu public produit un court-circuit, j'en fus le théâtre. Tout à coup, il faisait noir en moi. Dans cette nuit, mes sentiments se bousculaient ; je me cherchais, je cherchais à tâtons des dates, des précisions. Je comptais sur mes doigts comme je l'avais vu faire quelquefois à Marthe, sans alors la soupçonner de trahison. Cet exercice ne servait d'ailleurs à rien. Je ne savais plus compter. Qu'était-ce que cet enfant que nous attendions pour mars, et qui naissait en janvier ? Toutes les explications que je cherchais à cette anormalité, c'est ma jalousie qui les fournissait. Tout de suite, ma certitude fut faite. Cet enfant était celui de Jacques. N'était-il pas venu en permission neuf mois auparavant ? Ainsi, depuis ce temps, Marthe me mentait. D'ailleurs, ne m'avait-elle pas déjà menti au sujet de cette permission ! Ne m'avait-elle pas d'abord juré s'être pendant ces quinze jours maudits refusée à Jacques, pour m'avouer, longtemps après, qu'il l'avait plusieurs fois possédée !

Je n'avais jamais pensé bien profondément que cet enfant pût être celui de Jacques. Et si, au début de la grossesse de Marthe, j'avais pu souhaiter lâchement qu'il en fût ainsi, il me fallait bien avouer, aujourd'hui, que je croyais être en face de l'irréparable, que, bercé pendant des mois par la certitude de ma paternité, j'aimais cet enfant, cet enfant qui n'était pas le mien. Pourquoi fallait-il que je ne me sentisse le cœur d'un père, qu'au moment où j'apprenais que je ne l'étais pas !

On le voit, je me trouvais dans un désordre incroyable, et comme jeté à l'eau, en pleine nuit, sans savoir nager. Je ne comprenais plus rien. Une chose surtout que je ne comprenais pas, c'était l'audace de Marthe, d'avoir donné mon nom à ce fils légitime. À certains moments, j'y voyais un défi jeté au sort qui n'avait pas voulu que cet enfant fût le mien ; à d'autres moments, je n'y voulais plus voir qu'un manque de tact, une de ces fautes de goût qui m'avaient plusieurs fois choqué chez Marthe, et qui n'étaient que son excès d'amour.

J'avais commencé une lettre d'injures. Je croyais la lui devoir, par dignité ! Mais les mots ne venaient pas, car mon esprit était ailleurs, dans des régions plus nobles.

Je déchirai la lettre. J'en écrivis une autre, où je laissai parler mon cœur. Je demandais pardon à Marthe. Pardon de quoi ? Sans doute que ce fils fût celui de Jacques. Je la suppliais de m'aimer quand même.

L'homme très jeune est un animal rebelle à la douleur. Déjà, j'arrangeais autrement ma chance. J'acceptais presque cet enfant de l'autre. Mais, avant même que j'eusse fini ma lettre, j'en reçus une de Marthe, débordante de joie. Ce fils était le nôtre, né deux mois avant terme. Il fallait le mettre en couveuse. « J'ai failli mourir », disait-elle. Cette phrase m'amusa comme un enfantillage.

Car je n'avais place que pour la joie. J'eusse voulu faire part de cette naissance au monde entier, dire à mes frères qu'eux aussi étaient oncles. Avec joie, je me méprisais : comment avoir pu douter de Marthe ? Ces remords, mêlés à mon bonheur, me la faisaient aimer plus fort que jamais, mon fils aussi. Dans mon incohérence, je bénissais la méprise. Somme toute, j'étais content d'avoir fait connaissance, pour quelques instants, avec la douleur. Du moins, je le croyais. Mais rien ne ressemble moins aux choses elles-mêmes que ce qui en est tout près. Un homme qui a failli mourir croit connaître la mort. Le jour où elle se présente enfin à lui, il ne la reconnaît pas : « Ce n'est pas elle », dit-il, en mourant.

Dans sa lettre, Marthe me disait encore : « Il te ressemble. » J'avais vu des nouveau-nés, mes frères et mes sœurs, et je savais que seul l'amour d'une femme peut leur découvrir la ressemblance qu'elle souhaite. « Il a mes yeux », ajoutait-elle. Et seul aussi son désir de nous voir réunis en un seul être pouvait lui faire reconnaître ses yeux.

Chez les Grangier, aucun doute ne subsistait plus. Ils maudissaient Marthe, mais s'en faisaient les complices, afin que le scandale ne « rejaillît » pas sur la famille.

Le médecin, autre complice de l'ordre, cachant que cette naissance était prématurée, se chargerait d'expliquer au mari, par quelque fable, la nécessité d'une couveuse.

Les jours suivants, je trouvai naturel le silence de Marthe. Jacques devait être auprès d'elle. Aucune permission ne m'avait si peu atteint que celle-ci, accordée au malheureux pour la naissance de *son* fils. Dans un dernier sursaut de puérilité, je souriais même à la pensée que ces jours de congé, il me les devait.

Notre maison respirait le calme.

Les vrais pressentiments se forment à des profondeurs que notre esprit ne visite pas. Aussi, parfois, nous font-ils accomplir des actes que nous interprétons tout de travers.

Je me croyais plus tendre à cause de mon bonheur et je me félicitais de savoir Marthe dans une maison que mes souvenirs heureux transformaient en fétiche.

Un homme désordonné qui va mourir et ne s'en doute pas met soudain de l'ordre autour de lui. Sa vie change. Il classe des papiers. Il se lève tôt, il se couche de bonne heure. Il renonce à ses vices. Son entourage se félicite. Aussi sa mort brutale semble-t-elle d'autant plus injuste. *Il allait vivre heureux.*

De même, le calme nouveau de mon existence était ma toilette du condamné. Je me croyais meilleur fils parce que j'en avais un. Or, ma tendresse me rapprochait de mon père, de ma mère parce que quelque chose savait en moi que j'aurais, sous peu, besoin de la leur.

Un jour, à midi, mes frères revinrent de l'école en nous criant que Marthe était morte.

La foudre qui tombe sur un homme est si prompte qu'il ne souffre pas. Mais c'est pour celui qui l'accompagne un triste spectacle. Tandis que je ne ressentais rien, le visage de mon père se décomposait. Il poussa mes frères. « Sortez, bégaya-t-il. Vous êtes fous, vous êtes fous. » Moi, j'avais la sensation de durcir, de refroidir, de me pétrifier. Ensuite, comme une seconde déroule aux yeux d'un mourant tous les souvenirs

Illustration de Suzanne Ballivet, 1948, pour *Le Diable au corps*.

d'une existence, la certitude me dévoila mon amour avec tout ce qu'il avait de monstrueux. Parce que mon père pleurait, je sanglotais. Alors, ma mère me prit en main. Les yeux secs, elle me soigna froidement, tendrement, comme s'il se fût agi d'une scarlatine.

Ma syncope expliqua le silence de la maison, les premiers jours, à mes frères. Les autres jours, ils ne comprirent plus. On ne leur avait jamais interdit les jeux bruyants. Ils se taisaient. Mais, à midi, leurs pas sur les dalles du vestibule me faisaient perdre connaissance comme s'ils eussent dû chaque fois m'annoncer la mort de Marthe.

Marthe ! Ma jalousie la suivant jusque dans la tombe, je souhaitais qu'il n'y eût rien, après la mort. Ainsi, est-il insupportable que la personne que nous aimons se trouve en nombreuse compagnie dans une fête où nous ne sommes pas. Mon cœur était à l'âge où l'on ne pense pas encore à l'avenir. Oui, c'est bien le néant que je désirais pour Marthe, plutôt qu'un monde nouveau, où la rejoindre un jour.

La seule fois que j'aperçus Jacques, ce fut quelques mois après. Sachant que mon père possédait des aquarelles de Marthe, il désirait les connaître. Nous sommes toujours avides de surprendre ce qui touche aux êtres que nous aimons. Je voulus voir l'homme auquel Marthe avait accordé sa main.

Retenant mon souffle et marchant sur la pointe des pieds, je me dirigeais vers la porte entrouverte. J'arrivais juste pour entendre :

— Ma femme est morte en l'appelant. Pauvre petit ! N'est-ce pas ma seule raison de vivre ?

En voyant ce veuf si digne et dominant son désespoir, je compris que l'ordre, à la longue, se met de lui-même autour des choses. Ne venais-je pas d'apprendre que Marthe était morte en m'appelant, et que mon fils aurait une existence raisonnable ?

COMMENTAIRES
par
Daniel Leuwers

RÉSUMÉ DU ROMAN
ET
CHRONOLOGIE HISTORIQUE

DATES	RÉSUMÉ DE L'ACTION
Avant septembre 1914	Le narrateur, qui a « douze ans quelques mois avant la déclaration de la guerre » (p. 13), vit avec sa famille au bord de la Marne. Renvoyé de son école, il s'adonne librement à la lecture : « en 1913 et 1914, deux cents livres y passent » (p. 17).
septembre 1914	La guerre éclate. On voit « passer les trains militaires » (p. 18).
Retour en arrière (juin-juillet 1914)	Des « phénomènes avant-coureurs » ont annoncé la guerre, notamment « l'attentat autrichien » et « l'orage du procès Caillaux » — et même le suicide d'une jeune bonne devenue folle, « la veille du 14 juillet 1914 » (p. 22).
septembre-octobre 1914	On se bat « près de Meaux » où l'on entend « le canon » et où l'on apprend que des soldats allemands auraient été « capturés » (p. 27). La famille du narrateur juge la « fuite » désormais « inutile ». Celui-ci n'entre pas au lycée Henri-IV à Paris et reste une année encore à la campagne
novembre-décembre 1914	

L'Allemagne est, depuis 1870, considérée par la France comme « l'ennemi héréditaire ». Sa progression démographique et son expansion coloniale en font une rivale à laquelle il faut reprendre coûte que coûte l'Alsace et la Lorraine perdues. Lui-même Lorrain, Poincaré œuvre à l'entrée en guerre de la France, que l'attentat de Sarajevo, le 28 juin 1914 — point d'orgue de la « crise des Balkans » —, a rendue inéluctable.

Dès les premiers jours de septembre, la percée allemande en France est percutante. L'intervention de l'Angleterre permet cependant une embellie (le « miracle de la Marne »), tandis que la Russie, conformément à un accord secret passé avec la France, attaque la Prusse — ce qui oblige les Allemands à dégarnir le front occidental.

La bataille de la Marne laisse planer l'espoir d'une issue rapide et favorable de la guerre. Mais l'espoir sera de courte durée.

Novembre voit s'enclencher la très meurtrière bataille des Flandres. À la fin de l'année 1914, la Turquie entre en guerre aux côtés des Allemands, tandis que le Japon rejoint les Alliés (la France, l'Angleterre et la Russie). La mondialisation du conflit gagne du terrain.

DATES	RÉSUMÉ DE L'ACTION
printemps 1915	Le narrateur profite du « printemps » pour « polissonner sur les coteaux de Chennevières » (p. 28). Il a un ami, René, qu'il retrouve au lycée Henri-IV, « le jour de la rentrée des classes » (p. 28).
octobre 1915	
année 1916	
avril 1917	Le narrateur, qui a désormais quinze ans, fait la connaissance, « un dimanche d'avril 1917 » (p. 30), de la famille Grangier et surtout de leur fille, Marthe, fiancée à un jeune homme parti combattre sur le front. Une idylle commence.
novembre 1917	« À la fin de novembre » (p. 49), le narrateur se rend dans l'appartement de Marthe, à son invitation — un mois après avoir reçu son faire-part de mariage avec Jacques. Enthousiasme des premiers émois sensuels.
mars 1918	« Le jour de l'anniversaire de [ses] seize ans, au mois de mars 1918 » (p. 57), le narrateur — qui est donc né en mars 1902 — reçoit, en guise de cadeau de Marthe, un peignoir — explicite invitation à l'amour. Il ment à ses parents pour protéger cet amour, mais son père se fait « inconsciemment complice » (p. 71) de lui. Quant à Jacques, qui bénéficie d'une permission, il ne comprend rien à l'attitude de sa femme, et il repart « sans courage » (p. 78).

En 1915, les Alliés lancent des offensives en Artois et en Champagne, afin — c'est le mot de Joffre — de « grignoter » l'ennemi. Mais elles se soldent par des pertes effroyables.

Les Italiens sont associés aux Français, aux Britanniques et aux Russes dans la préparation d'une offensive prévue pour l'été 1916. Mais elle n'aboutit qu'à l'enlisement meurtrier de Verdun, dans un inextricable émiettement de boyaux et de tranchées.

Joffre a été remplacé par Nivelle au commandement militaire — ce qui n'empêche pas l'échec, le 16 avril 1917, de la bataille, jugée décisive, du « Chemin des Dames ».
Le moral des troupes est au plus bas, et de nombreuses mutineries éclatent, que matent à grand-peine des exécutions pour l'exemple.

La démoralisation gagne jusqu'à l'arrière, d'autant que l'Allemagne s'est engagée dans une guerre sous-marine tout à son avantage. Mais l'entrée en guerre de l'Amérique va changer toute la donne.

Les Allemands ont prévu qu'avec l'intervention américaine, la défaite serait inéluctable au mois de juillet 1918. Ils lancent toutes leurs forces dans la bataille pour une offensive de « la dernière chance ».
Ils opèrent une victorieuse avancée en Flandre, en mars et en avril.

DATES	RÉSUMÉ DE L'ACTION
mai 1918	« Nous étions au mois de mai » (p. 85), et le narrateur commence à se lasser de son amour.
juin 1918	Marthe apprend « dans les premiers jours de juin » (p. 90) que Jacques est malade, mais décide de ne pas aller lui rendre visite, croyant ainsi complaire au narrateur. Elle est enceinte (p. 94).
juillet 1918	Marthe finit, « le douze juillet » (p. 98), par rejoindre son mari malade. Le narrateur essaie de se guérir d'elle, et songe même à mourir jusqu'à ce que « le froid d'une aube de juillet » (p. 100) le réveille sur sa barque. Tandis que Marthe passe un mois à Granville avec son mari, le narrateur, tiraillé entre des sentiments de complaisance et de haine, s'étourdit auprès d'une sensuelle Suédoise, Svéa.
août 1918	Revenue « aux derniers jours d'août » (p. 108), Marthe habite désormais chez ses parents. Le narrateur décide de « profiter » d'elle « avant que l'abîmât sa maternité ».
septembre 1918	« À la fin de septembre » (p. 112), il sent le bonheur le quitter.
octobre 1918	Il vit mal « la tristesse de ce mois d'octobre » (p. 113) et éprouve « des remords » à « avoir abîmé la grâce de Marthe ». Mais il se conduit avec tout l'égoïsme d'un enfant gâté lorsqu'il exige de

En mai, les troupes allemandes sont parvenues jusqu'à Noyon, et menacent désormais Paris.

Le 15 juillet, les Allemands marchent sur Paris, mais, grâce à un habile repli stratégique, les armées alliées parviennent à perturber ce qui semblait devoir être une inexorable avancée.

Les revers allemands se multiplient, tandis que les armées alliées consolident leurs positions, grâce à la déterminante intervention américaine.

DATES	RÉSUMÉ DE L'ACTION
	Marthe qu'elle passe une nuit avec lui — ce qui les conduit dans un Paris glacial à la recherche vaine d'une chambre d'hôtel (pp. 120-124). « Décisive », la « nuit des hôtels » permet enfin à Marthe de comprendre que son amant ne l'aime pas.
novembre 1918	Commence « la vie sans Marthe » (p. 127), tandis que retentissent les cloches « de l'armistice » (p. 128) Le narrateur assiste à Paris, avec son père, à la célébration de la victoire, mais s'y ennuie.
janvier 1919	« Nous l'attendions pour mars », mais c'est « un vendredi de janvier » (p. 130) que Marthe donne le jour à un fils qu'elle prénomme François, comme le narrateur, son amant. Ce dernier éprouve « remords » et « bonheur », mais apprend, « un jour, à midi » (p. 134), la mort de Marthe.
année 1919	« Quelques mois après » (p. 137), il surprend une conversation au cours de laquelle Jacques révèle que sa femme est morte en appelant son fils. Mais le narrateur veut croire qu'elle l'appelait, lui, François.

Signé le 11 novembre, l'armistice implique la reddition de toute la flotte de guerre allemande et l'évacuation de la rive gauche du Rhin.

Le traité de Versailles, signé en juin, entérine la restitution à la France de l'Alsace et de la Lorraine — grande victoire sur le plan psychologique —, mais cache une réalité moins brillante : la puissance allemande est demeurée presque intacte, tandis que la France se retrouve en partie détruite...

Originalité de l'œuvre

Battu par Raymond Radiguet lors de l'attribution du prix du Nouveau-Monde en 1923, Joseph Delteil n'en écrira pas moins, cinquante ans plus tard, de fort belles et justes pages sur *Le Diable au corps*. En 1923, Joseph Delteil vient de publier *Sur le fleuve Amour*, et il a l'appui d'André Breton et des futurs surréalistes, tandis que Raymond Radiguet est le favori de Jean Cocteau. Les deux clans se disputent l'hégémonie de l'avant-garde littéraire, et Delteil ne peut alors qu'aboyer avec ses amis contre Radiguet perçu « comme une espèce de fantôme ». Mais lorsque Delteil s'avisera de lire vraiment *Le Diable au corps*, il sera obligé de convenir de sa surprise : « Hé quoi ! Cette vieille loque de l'académisme que nous avions si gaillardement houspillée, foulée aux pieds, portée en grande pompe en terre, voilà que ce diable de blanc-bec tout à coup la ressuscitait, la ramenait en scène sous les espèces du classicisme le plus frais et le plus pétulant, beau comme un éclair de chaleur[1]. »

Oui, l'originalité du *Diable au corps* tient à l'audace avec laquelle Radiguet a su revigorer une veine romanesque classique que l'on croyait menacée par les coups de boutoir des diverses avant-gardes. Le roman de Radiguet en impose par la fraîcheur de son inspiration et par la maîtrise d'une analyse à l'acuité cinglante. Le récit de l'aventure passionnelle du narrateur adolescent se double d'une voix qui, en écho, fait place

---

1. In *Cahiers Jean Cocteau*, n° 4, Gallimard, 1973, p. 33.

aux constats sans complaisance de la lucidité. L'adolescence et l'âge d'homme se livrent un combat feutré, et le narrateur s'avoue un moment « éreinté par les mille contradictions de [son] âge aux prises avec une aventure d'homme ».

Le Diable au corps est en fait un récit rétrospectif, écrit par le narrateur après que Marthe, sa maîtresse, est morte. Pourtant Radiguet sait très bien ménager l'effet de suspense, car le lecteur n'a jamais vraiment le sentiment que Marthe doit disparaître au terme du livre. Ce que le narrateur vit auprès de Marthe nous est restitué dans la vague mouvante et émouvante de l'instant, et nous nous laissons tout naturellement bercer par elle. Il est cependant, sous la plume du narrateur, une série de remarques, de notations, voire de maximes (nous les avons regroupées dans la section « Maximes et aphorismes ») qui surprennent par leur tonalité froide et presque impersonnelle. Au premier abord, elles semblent émaner du stratège cruel et sans scrupules que serait le narrateur, mais elles tendent à être considérées, une fois le livre refermé, comme la lucide analyse de tout comportement amoureux. L'art suprême de Radiguet est de laisser à ces maximes leur part explosive d'ambiguïté. Ce que le narrateur semble exprimer avec un certain recul était assurément présent en lui au moment même où il vivait sa passion. Les ressorts de la passion ne sont-ils pas mus par quelque force anticipatrice de l'échec ? L'acuité des réflexions du narrateur est celle d'un adolescent qui, tout à la réalisation de ses fantasmes, se trouve soudain confronté à la pensée adulte de la mort.

Mais loin d'être un recueil de maximes intemporelles, Le Diable au corps est un livre de chair et de feu où Radiguet laisse parler, tout en les dominant littérairement, les forces pulsionnelles et ravageuses de la passion. Ce roman ne présente pas de l'adolescence une vision étriquée ou fallacieuse, comme ce fut si souvent le cas au XIX siècle et même au début du XX siècle. Le héros du Diable au corps n'est pas un déshérité comme on en rencontre dans l'œuvre de Victor Hugo, dans *Sans famille* d'Hector Malot ou chez Alphonse Daudet. Il n'est pas un souffre-douleur victime de la tyrannie parentale ou du bagne de l'école. Il jouit au contraire d'une liberté presque absolue : il échappe aux contraintes du lycée et connaît avec son père des rapports de réelle complicité. À la différence du *Grand Meaulnes* (paru dix ans auparavant, en 1913), le héros de Radiguet ne passe pas par les fêtes étranges de l'amour romantique ; il vit d'emblée une aventure charnelle où son corps est directement — et presque diaboliquement — impliqué. Une telle plongée dans l'univers charnel est hâtée par le contexte exceptionnel de la guerre, soudain propice aux « grandes vacances » de la passion clandestine. Le plaisir que le très jeune héros éprouve avec Marthe, son aînée, est décuplé par le fait qu'elle est l'épouse d'un soldat parti au front. La situation cristallise un fantasme tout œdipien : le narrateur s'arroge la place triomphante du père auprès de cette figure maternelle qu'est Marthe, et le mari officiel, Jacques, n'est plus que l'enfant exclu. Mais il suffit que Jacques soit sur le point d'obtenir une permission pour que le narrateur sente sa position menacée et qu'il se retrouve dans la situation jalouse et désirante de l'enfant.

Le narrateur ne semble pas être ébranlé par de grands sentiments de culpabilité dans sa liaison avec Marthe. C'est qu'il hérite presque malgré lui de la permissivité que son père ne cesse de lui donner en exemple. Le héros s'interroge évidemment sur les mobiles de l'« étrange conduite » de son père : « Il me laissait agir à ma guise. Puis, il en avait honte. Il menaçait, plus furieux contre lui que contre moi. Ensuite, la honte de s'être mis en colère le poussait à lâcher les brides. » Si le narrateur se félicite souvent de la complicité paternelle, il n'est pas sans en souffrir secrètement. N'est-ce pas par l'entremise de son père que le narrateur a connu Marthe ? Et certains critiques sont même allés jusqu'à laisser entendre que dans la réalité Radiguet a subtilisé à son père, qui en était peut-être l'amant, l'Alice qui a donné au roman son point de départ ! Les rapports du narrateur avec son père ne sont en tout cas pas aussi idylliques qu'on pourrait le supposer de prime abord. Le narrateur souffre sans le dire, et sans d'ailleurs être à même d'en faire l'analyse, du fait qu'il n'est presque jamais effleuré par l'aile de la culpabilité. Lui qui n'a pas de père capable de symboliser l'instance punitive — ce régulateur de la vie inconsciente —, il n'a à sa disposition aucune échelle de valeurs sécurisante.

Le héros du *Diable au corps* est souvent comme un garçon perdu, et son recours continuel à la maxime est une façon angoissée d'en appeler à une vérité qui lui fait défaut et qu'il voudrait pourtant fixer. La cruauté de la notation est la rançon d'un vertigineux manque de confiance qui prend le masque de la froideur. Le narrateur accepte certes de jouer auprès de Marthe le rôle fantasmatique du mari, mais il ne pourra finalement supporter d'en assumer la réelle responsabilité. Lorsque Marthe lui apprend qu'il va être père, le héros s'affole. Il veut rester dans la position confortable de l'enfant usurpateur et préfère mettre l'enfant qui doit naître — et qui est le sien — sur le compte de Jacques. Le héros, si fantasmatiquement triomphant, succombe soudain sous la responsabilité. Mais sa cruauté fera en sorte que c'est Marthe qui succombera réellement au terme d'une guerre des sexes à laquelle la guerre aura elle-même apporté sa silencieuse musique accompagnatrice. Une fois la guerre finie, la guerre passionnelle s'essouffle et meurt. Tout rentre dans l'ordre. « L'ordre, à la longue, se met de lui-même autour des choses », dit d'ailleurs le roman.

La première nouvelle de Radiguet, *Denise*, obéissait déjà à ce goût fantasmatique de l'échec, dans un contexte œdipien simplifié. Le héros de la nouvelle est essentiellement un voyeur. Très timide, il n'ose posséder physiquement Denise, la jeune fille qu'il désire, et charge donc un berger de la déflorer tandis qu'il assistera en cachette à la scène. Le héros veut se persuader qu'il ne pouvait pas posséder Denise tant qu'elle était vierge. Et pourtant, lorsque Denise le rejoint enfin pour s'offrir à lui, le voilà qui s'est endormi ! Le lendemain matin, il trouvera sur sa table de nuit ce simple mot laissé par Denise : « Je n'aime pas les gens qui ronflent. »

La passivité du héros de *Denise* n'est pas sans une certaine parenté avec l'attitude du narrateur du *Diable au corps*, qui est souvent un complaisant spectateur de lui-même et qui s'arrange pour faire jouer à Marthe le rôle de l'initiatrice amoureuse. Il fait faire à Marthe tout ce qu'il désire et acquiert ainsi une diabolique maîtrise de la situation. Il n'a d'ailleurs de cesse de se créer tout un réseau de complicités insidieuses où le voyeurisme n'est point absent. Une nuit où il lui rend visite par surprise, il s'amuse du fait que Marthe le prend pour Jacques, car il peut ainsi savoir comment elle eût réellement accueilli son mari. Lorsque Marthe doit se rendre pendant un mois à Granville, le narrateur se félicite cette fois de la présence bien réelle de Jacques, car il a peur que sa maîtresse ne soit attirée par d'autres jeunes hommes sur la plage. Jacques se voit attribuer le rôle du père protecteur chargé d'interdire le désir des autres et jusqu'au désir même du narrateur. Une complicité avec Jacques est alors secrètement souhaitée : « J'eusse voulu connaître Jacques, lui expliquer les choses, et pourquoi nous ne devions pas être jaloux l'un de l'autre. Puis, tout à coup, la haine redressait cette pente douce. »

Le Diable au corps est criblé de ces fluctuations fantasmatiques où le narrateur s'éprouve tour à tour dans la position du père et dans celle du fils, en s'arrogeant un pouvoir contradictoire, sujet à d'incessantes dénégations. Le roman y acquiert une fascinante profondeur, et la peinture de l'adolescence une terrible justesse. Dans la foulée du *Diable du corps* à l'élaboration duquel il a assisté et peut-être même participé, Jean Cocteau pourra publier en 1929 *Les Enfants ter-*

ribles, autre approche géniale d'une période qui, à mi-chemin entre l'enfance révolue et l'âge adulte redouté, explore les abysses de la bisexualité et y puise le regard cruel d'une lucidité questionneuse.

Les méandres de la cruauté

Le Diable au corps est un récit à la première personne dont le narrateur tient toutes les rênes — ou presque. L'aventure est vue et analysée à travers sa seule optique, avec de légers et signifiants effets de décalage car, au jeune homme qui agit, se substitue souvent un adulte qui juge une histoire dont l'issue ne lui est nullement étrangère. Le roman est l'histoire transposée de ce que Radiguet a vécu entre 1917 et 1919. C'est en 1917 qu'il rencontre Alice. La jeune femme qui a quelques années de plus que lui s'est récemment mariée avec un homme qui combat sur le front. Une liaison passionnelle se noue entre Alice et Raymond. Lorsque la guerre cesse, le mari d'Alice, Gaston (dessinateur industriel de son état) revient auprès d'elle, et Radiguet doit mettre fin à l'aventure.

On raconte qu'à la parution du *Diable au corps* en 1923, Gaston s'est senti clairement désigné. Il se serait rendu chez Roland Dorgelès, le célèbre auteur des *Croix de bois* et le chantre de l'héroïsme patriotique, et il lui aurait confié que sa vie avait été gâchée par le roman de Radiguet. On raconte aussi que les choses furent loin d'avoir cette tournure tragique puisque Gaston aurait eu, lui aussi, une maîtresse et que la trahison d'Alice n'aurait donc été que la réponse de la bergère au berger ! Mais qu'importent ces rumeurs : le roman de Radiguet, s'il a des bases référentielles, est surtout une création très personnelle. La fin de l'œuvre diffère d'ailleurs de la vie des modèles puisque, loin de mourir à la fin de la guerre comme Marthe, Alice disparaîtra en 1952, à l'âge de cinquante-neuf ans. Il est en tout cas certain que, comme l'a bien noté le critique Nadia

Odouard, « la dégradation de sa liaison avec Alice a correspondu chez Radiguet à une lente maturation littéraire [1] ». La littérature est venue, comme souvent, compenser un échec, hâter le travail du deuil et mettre en lumière les harmoniques de la passion révolue.

Le narrateur du roman a une double fonction : il révèle l'intrigue tout en en faisant l'analyse rétrospective, ce qui n'est pas sans créer une certaine discontinuité narrative riche de résonances. L'intrigue est celle d'un drame en trois actes : le héros sent d'abord l'amour naître en lui, puis il connaît les affres d'une passion qu'il parvient à maîtriser avec une savante cruauté, et il précipite enfin une course à l'échec où il trouve un exutoire libérateur. Car ce qu'il a vécu auprès de Marthe et grâce à elle, le narrateur ne peut et ne veut l'assumer pleinement. Les « grandes vacances » passionnelles s'abîment donc dans la tragédie. L'analyse rétrospective fait jaillir de la plume du narrateur des réflexions et des maximes qui tendent à figurer un baromètre des états amoureux. C'est comme si Radiguet prenait le pouls de ce malade qu'est l'homme en proie à une passion. Les résultats de l'auscultation sont d'une froideur terrifiante.

Le personnage qui compte le plus aux yeux du narrateur, c'est évidemment Marthe. Avant même de la rencontrer, il se forge d'elle une image plutôt négative : n'a-t-il pas entendu dire d'elle qu'elle était une élève appliquée (alors que lui affectionne l'école buissonnière) et sa mère ne se distingue-t-elle pas par un front couvert de « rides auxquelles il fallait une minute pour disparaître » (signe de vieillesse où il ne voudra pas voir Marthe sombrer, préférant finalement sa mort au vieillissement haï) ? Pourtant, lorsque Marthe lui apparaît réellement sur le marchepied du train qui arrive, son imprudence lui plaît, ainsi que bientôt son mépris du qu'en-dira-t-on. Le narrateur teste rapidement la

1. *Les Années folles de Raymond Radiguet*, Seghers, 1973, p. 188.

jeune fille qui a l'avantage d'aimer Baudelaire contre son fiancé. Il se réjouit de la sentir capable de désobéissance et s'arroge déjà quelques droits tyranniques sur elle, avant de triompher lors de l'achat de la chambre nuptiale. Le couple dormira dans un lit choisi par lui, façon de miner le contrat officiel et de lui substituer une assassine alliance adultère !

Marthe accepte le jeu et en est la complice. Il est possible que, plutôt que le narrateur, elle aime avant tout une certaine idée de l'amour — un amour qu'elle ne trouve pas auprès de Jacques. C'est pourquoi elle devient rapidement une initiatrice active ; elle vainc la timidité du héros et lui insuffle une assurance qui va ensuite se retourner contre elle. Mis en confiance, le héros commence à abuser de Marthe. Il se regarde faire, agit sans spontanéité, avec une froideur de plus en plus cruelle. C'est sa façon à lui de se mettre à distance de toute souffrance et de faire payer inconsciemment à Marthe la peur panique qu'il a depuis toujours des femmes. « Celui qui aime agace toujours celui qui n'aime pas » : cette maxime du roman finira par s'appliquer à Marthe et à son amant. Ce dernier ne se laisse pas vraiment aller à l'amour. Il préfère que Marthe assume à elle seule ce sentiment dont il profitera. Marthe est toute d'amour et de générosité, et son amant parvient à lui faire faire tout ce qu'il désire — ce dont il se réjouit et se plaint à la fois (« À force d'orienter Marthe dans un sens qui me convenait, je la façonnais peu à peu à mon image. C'est de quoi je m'accusais, et de détruire sciemment notre bonheur. Qu'elle me ressemblât, et que ce fût mon œuvre, me ravissait et me fâchait. J'y voyais une raison de notre entente. J'y discernais aussi la cause de désastres futurs »). Marthe, qui sacrifie tout au narrateur, n'ouvrira les yeux sur son erreur qu'au terme de l'hallucinante nuit des hôtels. Écrasée par la cruauté de son jeune amant, elle répète, pour lui plaire, des phrases auxquelles elle ne comprend rien. Mais bientôt, elle « *comprit tout* ». Ce sera pourtant trop tard pour elle qui n'aura plus qu'à sombrer dans la mort à laquelle la convie insidieusement le narrateur. Devenue mère, Marthe fait le sacrifice quasi maternel de sa vie au narrateur.

Jacques est le grand absent du roman. Ses permissions sont rares, et Marthe les subit sans plaisir. Cet absent demeure paradoxalement beaucoup plus présent dans l'esprit et les préoccupations du narrateur que pour Marthe qui croque la pomme du plaisir sans aucun sens du péché. Jacques est pour le narrateur celui dont il vole la femme (plaisir cruel de l'usurpateur), mais il est aussi celui dont il attend quelquefois qu'il le protège contre Marthe dès qu'elle devient trop encombrante ou exigeante, spécialement quand il s'agit de régler le problème de la paternité qui occupe toute la fin du roman. Le retour de Jacques est alors comme providentiel ; c'est le bénéfique retour du réel après la grande récréation fantasmatique que s'est accordée le narrateur.

Parmi les personnages qui ont de l'importance pour le narrateur, il y a son propre père dont la permissivité le comble et le frustre à la fois. Ce père vit une telle complicité avec son fils qu'il est presque plus bouleversé que lui à l'annonce de la mort de Marthe : « Tandis que je ne ressentais rien, le visage de mon père se décomposait. » Le père du narrateur essaie d'adopter quelquefois une position plus rigide (c'est le cas lorsque sa femme apprend la liaison de son fils avec Marthe et y perçoit la menace, insupportable pour elle, d'être bientôt grand-mère), mais sa sévérité sonne faux, et la complicité reprend de plus belle.

Raymond Radiguet a d'incontestables dons de polémiste. Il sait tremper sa plume dans l'encrier de l'ironie pour vilipender la morale petite-bourgeoise qu'incarnent quelques personnages plutôt caricaturaux. Lorsque la bonne des Maréchaud se suicide le 13 juillet 1914, le maître de maison ne s'inquiète que de l'état de sa pelouse et des marches couvertes de sang de sa demeure. Les parents de Marthe, M. et Mme Grangier, ne sont pas sans ridicule aux yeux du narrateur qui se plaît à constater l'étrange complicité de la mère de famille qui vit à travers sa fille une sorte d'adultère par procuration. Lorsque Jacques obtient un jour une permission, elle lui demande de laisser Marthe dans sa virginale chambre de jeune fille. Radiguet met cruellement au jour les raisons inavouables de ce calcul : « Tout ce que Marthe ôtait à son mari, Mme Grangier se l'attribuait, trouvant ses scrupules sublimes. » L'apothéose du ridicule petit-bourgeois est atteinte par les Marin, couple bien rangé qui, « pour faire "genre" », convie ses invités à entendre les coupables ébats de Marthe et du narrateur dont la chambre se situe au-dessus du salon. Mais le narrateur déjoue leur attente, et les invités sont contraints de se retirer bredouilles. C'est alors que le narrateur pousse la malice jusqu'à faire entendre aux Marin « ce qu'ils eussent souhaité faire entendre aux autres ». Radiguet montre à cette occasion combien les condamnations au nom de la morale cachent des fantasmes refoulés : ici, en l'occurrence, celui du voyeurisme.

Les principes étriqués et égoïstes de la morale petite-bourgeoise sont combattus par Radiguet dans *Le Diable au corps*. C'est contre eux que la bonne des Maréchaud fait son spectaculaire suicide. Celle qu'on appelle la « folle » trouble fortement le narrateur par les choses qu'elle dit « avec cette profonde mélancolie résignée que donne aux voix la certitude qu'on a raison, que tout le monde se trompe ». Le narrateur sent bien que la vérité essentielle ne se confond nullement avec l'ordre petit-bourgeois qui cache une série de mensonges et de bassesses dont lui-même participe d'ailleurs, que ce soit avec Marthe, avec Svéa (« Ailleurs que dans la chambre de Marthe, l'eussé-je désirée ? ») ou avec la femme que son ami René croit aimer et qu'il lui demande d'éprouver — femme qui s'offre si facilement à lui qu'il se verra obligé de jurer à René « que sa maîtresse repoussait toute avance » ! *Le Diable au corps*, à travers tout le commerce de ses personnages, est la mise en lumière des jeux mensongers qui meuvent l'humanité et qui font qu'une infidélité peut paradoxalement renforcer un amour, tandis qu'une certaine transparence peut cruellement le tuer. Il faut se brûler à ces folles vérités pour connaître le prix réel de la vie que Radiguet nous laisse entrevoir aux portes de sa propre mort.

Le travail de l'écrivain

Le roman *Le Diable au corps* est né d'une aventure réellement vécue. Radiguet rencontre Alice en avril 1917, et il a avec elle une liaison que la fin de la guerre interrompt. Le mari d'Alice, Gaston, rentre, et Raymond Radiguet s'éclipse. Celui qui n'est encore que l'auteur de quelques poèmes songe alors à l'écriture romanesque.

Il semble que Radiguet ait, dès 1919 ou 1920, posé les fondations de son futur roman. En quelques pages qu'on peut considérer comme la première version du *Diable au corps*, Radiguet fait une série de notations préliminaires. Il constate d'abord les ravages de l'amour : « Un amour restitue ses dix-huit ans à un quinquagénaire ; une déception quadruple l'âge du jouvenceau. » Puis il évoque Alice (qui n'est pas encore devenue Marthe) avec qui il a bénéficié « d'un sentiment maternel, bien que la différence d'âge fût médiocre », et il fait cette pénétrante analyse de leurs relations : « Toute mon erreur vient de ce que la vie d'Alice était ailleurs ; la mienne n'étant encore nulle part, s'accrochait à la sienne. Depuis j'ai pu admettre même ailleurs que dans le calme, qu'une femme aimait à la fois son mari et son amant. Alors que c'est son mari qu'Alice trahissait, je croyais que c'était moi. Cet officier de marine absent, elle le trompait avec moi, mais elle pensait à lui. Le plus trompé des deux, c'était moi. J'étais son amour par procuration. Cette obscurité dans laquelle vous plonge l'amour, on se cogne aux

Ébauche autographe du *Diable au corps*.
Bibliothèque Doucet, Paris.

êtres, à leurs sentiments, je n'y ai rien compris. » Le roman se chargera d'expliciter fictivement les mouvantes métamorphoses de l'amour auxquelles l'intuition de l'auteur se brûle. Radiguet esquisse, dans la première version, un épisode que la version définitive ne retiendra pas : Alice confie au narrateur une lettre qu'elle le charge de poster. Mais le narrateur ne peut résister au désir de lire cette lettre adressée au mari qui est sur le front. Horreur : Alice gratifie l'absent des mêmes diminutifs que son amant ! Celui-ci la gifle le jour où elle l'appelle du « nom qu'elle donnait à son mari ». Dès lors, « l'irréparable était commis ». Un fossé se creuse : « de nouveau, nous étions deux ». Radiguet supplie Alice de lui pardonner. Alice y consent. Mais il est trop tard : « Notre amour ne fut plus qu'un simulacre [...]. Nos gestes dans le lit ne se répondaient plus. » Et Radiguet de conclure : « J'assistais à cette agonie de l'amour, en témoin aveugle. Elle aussi. »

La première version du *Diable au corps* évoque également le retour du mari d'Alice, ce qui incite le narrateur à vainement chercher à s'étourdir avec d'autres femmes. Mais c'est l'idée de la mort qui surtout le tenaille. Un jour, il voit passer un enterrement et se persuade que c'est Alice qu'on mène en terre : « Je me vengeai ainsi de son abandon, à voir que mon cœur ne battait pas plus fort, que ce m'était indifférent. Alice morte pour moi, je souhaitais qu'elle le fût pour les autres. J'aurais accepté plus volontiers sa mort que de la savoir vivre avec les autres. » La mort de Marthe, dans la version définitive du roman, participe assurément de la même pulsion agressive. Mais la version première élargit le clavier des pensées du narrateur dont l'agressivité peut tantôt s'intérioriser (« D'autres fois, c'est moi que je croyais mort »), tantôt s'extérioriser (« Certaines nuits, passant devant sa maison, je ne pouvais résister ; je jetais un caillou dans les volets de la chambre où son mari avait pris ma place »). Le narrateur qui aura désormais tendance à ne s'engager que dans des aventures où le « cœur prend peu part », raconte pour finir les visites qu'il rend à de grands créateurs. Mais il commet de graves bévues, prenant un illustre poète pour un simple concierge ! Une réflexion sur les puissances de l'illusion sourd donc

163

implicitement des dernières lignes du manuscrit de Radiguet.

C'est au Piquey, au cours de l'été 1921, que Radiguet parvient à la conception d'ensemble de son roman qu'il écrit alors d'un trait. Le manuscrit est destiné à l'éditeur Paul Lafitte, mais Jean Cocteau prend l'initiative de le présenter, en mars 1922, à Bernard Grasset qui est enthousiasmé. Il trouve cependant qu'il manque une bonne conclusion au roman. Cocteau, qui est du même avis, décide d'installer Radiguet à l'hôtel du Cadran Bleu, à Fontainebleau. Au bout d'une semaine, le jeune romancier revient à Paris, mais il ne rapporte que le « devoir bâclé d'un cancre », selon Jean Cocteau qui le force à reprendre plusieurs fois sa conclusion et même l'ensemble du livre. « Je l'ai bouclé dans une chambre d'hôtel et je lui ai fait écrire la fin magnifique de son livre », dira plus tard Jean Cocteau au cours d'entretiens avec Roger Stéphane. Radiguet a-t-il achevé son travail de remaniement au Lavandou, en mai 1922, alors que Bernard Grasset, en vacances à Divonne, l'invite à « mettre sur pied une œuvre parfaite » ? Rien n'est moins sûr. En septembre, Radiguet songe encore à changer le titre de son roman. *Emmanuel ou le cœur vert* remplacerait *Le Diable au corps*. Mais Bernard Grasset s'y oppose et demande à Radiguet de travailler plutôt à la fin de son livre. L'éditeur se fait très explicite dans une lettre du 31 janvier 1923 : « Il faut à tout prix, mon cher Radiguet, que cette fin ait la valeur du commencement et que je n'aie pas une seule observation à vous soumettre. Vous pouvez faire de ce livre un chef-d'œuvre, il faut le faire. »

Jusqu'au dernier moment, *Le Diable au corps* sera l'objet de remaniements. Dans son *Journal* en date du 30 juin 1924, Paul Léautaud affirme avoir vu les traces de plusieurs écritures sur le manuscrit et sur les épreuves du livre. Il est dommage que les spécialistes n'aient pas eu, jusqu'à ce jour, accès à de tels documents. Ont-ils disparu ou évite-t-on de les montrer de crainte de voir minimisée la part créatrice de Radi-

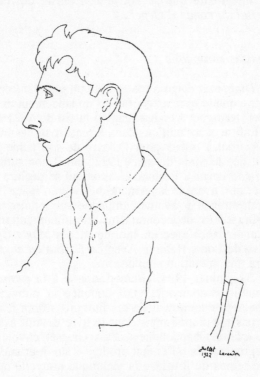

Le voyageur dans les glaces.
Dessin de Jean Cocteau, 1922.

guet ? Dès la sortie du *Diable au corps*, certaines rumeurs attribuaient la paternité du roman à Jean Cocteau, tandis que d'autres y voyaient l'œuvre de Bernard Grasset lui-même. Cocteau avouera avoir beaucoup travaillé sur les épreuves avec Raymond Radiguet, et Bernard Grasset lui avoir « fait recommencer jusqu'à quatre fois certaines parties ». Mais quels que soient les concours dont il a pu bénéficier, *Le Diable au corps* est bien l'œuvre de Radiguet et participe de la même unité imaginaire que sa nouvelle, *Denise*, ou que le futur *Bal du comte d'Orgel*.

Le livre et son public

Le Diable au corps a été et reste un grand succès. Il faut dire que le livre a bénéficié d'un lancement exceptionnel. Radiguet s'était engagé à la fin de 1921 avec Paul Lafitte et ses éditions de la Sirène, mais Jean Cocteau aspirait à mieux pour l'œuvre de son jeune ami. Aussi, dès le mois de mars 1922, fait-il connaître *Le Diable au corps* à Bernard Grasset qui se déclare preneur et qui, avant le lancement du livre en mars 1923, va orchestrer une savante campagne publicitaire. Bernard Grasset est déjà connu dans les milieux éditoriaux pour avoir lancé avec un énorme succès *Maria Chapdelaine* de Louis Hémon. Avec *Le Diable au corps*, il tentera une opération similaire.

Le 31 janvier 1923, Grasset adresse à la presse un communiqué anonyme où il annonce la publication prochaine d'« un auteur de dix-huit ans » dont le nom n'est pas mentionné mais dont le livre devrait assurément « faire Chapdelaine ». Puis Grasset envoie des photographies de « l'enfant prodige » aux journaux, en même temps qu'il utilise la technique nouvelle qu'est le cinéma pour montrer « le plus jeune romancier de France, M. Raymond Radiguet » signant son contrat au siège de la maison d'éditions. Le 3 mars, Grasset fait distribuer une lettre où il parle cette fois — en grignotant une année — d'un auteur de dix-sept ans qu'il compare à Rimbaud (pour faire taire les réticences relatives à l'âge) et qu'il veut préventivement laver de l'accusation d'avoir écrit un roman pervers. Grasset sait bien qu'après *Les Croix de bois* de Roland Dorgelès qui a ému toute une génération, *Le Diable au corps* ne manquera pas de scandaliser. Aussi s'empresse-t-il d'affirmer qu'ici, « c'est la guerre vue par des yeux d'enfant et ceci est tellement nouveau que, de ce seul point de vue, le livre de Radiguet » mérite « une place dans la littérature contemporaine », avant d'ajouter :

« Seules les personnes qui prennent *Daphnis et Chloé* pour un roman libertin se scandaliseront peut-être du *Diable au corps*. C'est l'impudeur charmante de l'enfance et tous ses mécanismes secrets montrés au grand jour par un Maître de dix-sept ans. »

Le ton prudent tranche avec l'arrogance utilisée l'année précédente par Flammarion à l'occasion de la sortie de *La Garçonne* de Margueritte. La guerre est encore un sujet trop brûlant pour qu'un éditeur s'aliène tout un public à son propos. Pourtant un halo de scandale entoure le roman dès avant sa sortie. Mais c'est le battage publicitaire qui est surtout dénoncé, au point que, pour défendre son éditeur, Radiguet publie le 10 mars 1923 (le jour même de la sortie du livre) un article dans *Les Nouvelles littéraires*. Radiguet salue l'enthousiasme de Grasset et l'ingéniosité novatrice de sa campagne publicitaire : « La chose est encore aujourd'hui suffisamment neuve pour ne pas nous chagriner. Aussi, loin d'imiter certaines nobles pudeurs, ne puis-je qu'exprimer ma reconnaissance, non tant en mon nom personnel qu'en celui d'une génération à laquelle sont accordées des facilités inconnues de ses aînés. » Et Radiguet de clamer avec lucidité : « Sans doute, dans le cas présent, il y a quelque gêne pour l'auteur à se voir changé en enfant prodige. Mais (qu'on pardonne ma hardiesse) la faute n'en est-elle pas à tous ceux qui veulent voir un miracle, pour ne pas dire une monstruosité, dans ces mots bien inoffensifs : un roman écrit à dix-sept ans. »

Bon nombre de critiques s'indigneront pourtant qu'un « gamin » ait été lancé avec un tel renfort de publicité. André Billy s'insurge, le 20 mars dans *L'Œuvre*, contre « la formation artificielle des succès et des réputations ». Louis Aragon est plus explicite, le 23 mars, dans *Paris-Journal* : « Il paraît tous les jours des romans comme celui-ci, et de bien pires, et si l'on n'eût point par avance crié *au génie* ! [...] peut-être aurions-nous regardé d'un œil plus favorable un ouvrage sans prétentions. Mais nous voilà forcés à la sévérité. » Pour répondre à ces procès d'intention, Bernard Grasset fait, le 27 mars, une mise au point dans les journaux. Il affirme qu'il appartient à l'éditeur d'informer largement le public sur les livres qu'il publie et que le public a de toute façon le dernier mot...

Des critiques favorables ne manqueront pas de saluer la sortie du roman. Frédéric Lefèvre, dans *Les Hommes du jour* du 17 mars, caractérise *Le Diable au corps* par trois substantifs élogieux : « mesure, fraîcheur, distinction ». Et Radiguet reçoit de nombreuses lettres flatteuses, comme celles de Paul Valéry ou de Max Jacob (« C'est une merveille qu'à ton âge on ait écrit du Laclos sans s'en douter »). En tout cas, Bernard Grasset a réussi dans son entreprise : tout Paris parle du *Diable au corps*. En bien ou en mal, qu'importe. L'essentiel est que le livre se vende bien, et il se vend très bien : 41 000 exemplaires sont tirés en un mois.

Pour officialiser le succès du *Diable au corps*, Jean Cocteau va manœuvrer et lui faire obtenir, le 15 mai, le prix du Nouveau-Monde par 4 voix (Cocteau, Max Jacob, Jacques de Lacretelle, Bernard Fay) contre 3 (Paul Morand, Valery Larbaud, Jean Giraudoux). Ce prix assure à Radiguet une coquette somme d'argent et la traduction de son livre en anglais. Mais cette consécration va ranimer la querelle autour du *Diable au corps*. Le roman est jugé immoral, cruel et cynique. L'Association des Écrivains anciens combattants envoie à l'American Legion un câblogramme qui est reproduit le 25 juin dans *Comœdia* et où il est dit que le livre de Radiguet « présente la famille française et la France en guerre sous des aspects faux et odieux ». L'auteur des *Croix de bois*, Roland Dorgelès, écrit le 2 juillet à Radiguet qu'il reconnaît le « réel talent » de son livre, mais qu'il y discerne « un manque de cœur absolu », choquant chez un si jeune romancier. *Le*

Diable au corps est souvent houspillé au nom de la famille et de la patrie, mais il est aussi l'objet d'attaques plus singulières. Dans une lettre de juillet 1923, Radiguet parle à son père d'un article du *Libertaire* qui « dénonce dans le héros du *Diable au corps* le futur capitaliste, le directeur d'usine, qui roulera ses ouvriers comme il mentait à Marthe ! ». Et Radiguet de commenter : « Point de vue assez inédit. Enfin, si les bêtises continuent, c'est bon signe. »

Pourtant, la vente du *Diable au corps* chutera fortement un mois après son lancement tumultueux. L'éditeur Bernard Grasset est parti se reposer à Divonne-les-Bains dès le mois d'avril 1923. Il estime avoir rendu un grand service au livre en le vendant à plus de quarante mille exemplaires, convaincu que chez un autre éditeur il eût à peine atteint le chiffre de six mille. Et Grasset de songer désormais à d'autres lancements...

Le Diable au corps aura en tout cas bénéficié de l'ingéniosité de son éditeur et, si certains critiques lui ont fait durement payer son lancement tapageur, le grand public n'a cessé de le plébisciter. Le cinéma est venu, plusieurs fois, réactualiser le livre : en 1947 grâce à Claude Autant-Lara et à deux acteurs prestigieux, Micheline Presle et Gérard Philipe ; en 1986 dans une adaptation controversée de Marco Bellochio ; et dans quelques productions secondaires comme le téléfilm de Gérard Vergez, réalisé en 1990.

Dans les collections au format de poche, les ventes du *Diable au corps* ont doublé en cinq ans.

Maximes et aphorismes

« Il est rare qu'un cataclysme se produise sans phénomènes avant-coureurs. »

« Le bonheur est égoïste. »

« À force de vivre dans les mêmes idées, de ne voir

Film de Marco Bellochio, 1986,
avec Maruschka Detmers et Federico Pitzalis

qu'une chose, si on la veut avec ardeur, on ne remarque plus le crime de ses désirs. »

« Dans l'extrême jeunesse, l'on est trop enclin, comme les femmes, à croire que les larmes dédommagent de tout. »

« Quand des liens ne sont pas encore solides, pour perdre quelqu'un de vue, il suffit de manquer une fois un rendez-vous. »

« Ce n'est pas dans la nouveauté, c'est dans l'habitude que nous trouvons les plus grands plaisirs. »

« Celui qui aime agace toujours celui qui n'aime pas. »

« Nous croyons être les premiers à ressentir certains troubles, ne sachant pas que l'amour est comme la poésie, et que tous les amants, même les plus médiocres, s'imaginent qu'ils innovent. »

« Ce qui chagrine, ce n'est pas de quitter la vie, mais

de quitter ce qui lui donne un sens. Lorsqu'un amour est notre vie, quelle différence y a-t-il entre vivre ensemble ou mourir ensemble ? »

« L'amour, qui est l'égoïsme à deux, sacrifie tout à soi, et vit de mensonges. »

« Les moments où on ne peut pas mentir sont précisément ceux où l'on ment le plus, et surtout à soi-même. Croire une femme "au moment où elle ne peut mentir", c'est croire à la fausse générosité d'un avare. »

« Aucun âge n'échappe à la naïveté. Celle de la vieillesse n'est pas la moindre. »

« Rien n'absorbe plus que l'amour. On n'est pas paresseux, parce que, étant amoureux, on paresse. L'amour sent confusément que son seul dérivatif est le travail. Aussi le considère-t-il comme un rival. Et il n'en supporte aucun. Mais l'amour est paresse bienfaisante, comme la molle pluie qui féconde. »

« Il faut admettre que si le cœur a ses raisons que la raison ne connaît pas, c'est que celle-ci est moins raisonnable que notre cœur. Sans doute, sommes-nous tous des Narcisse, aimant et détestant leur image, mais à qui toute autre est indifférente. C'est cet instinct de ressemblance qui nous mène dans la vie, nous criant « halte ! » devant un paysage, une femme, un poème. Nous pouvons en admirer d'autres, sans ressentir ce choc. L'instinct de ressemblance est la seule ligne de conduite qui ne soit pas artificielle. »

« Le malheur ne s'admet point. Seul, le bonheur semble dû. »

« C'est l'objet que nous avons constamment sous les yeux que nous reconnaissons avec le plus de difficulté, si on le change un peu de place. »

« Les vrais pressentiments se forment à des profondeurs que notre esprit ne visite pas. Aussi, parfois, nous font-ils accomplir des actes que nous interprétons tout de travers. »

« Un homme désordonné qui va mourir et ne s'en doute pas met soudain de l'ordre autour de lui. Sa vie change. Il classe des papiers. Il se lève tôt, il se couche de bonne heure. Il renonce à ses vices. Son entourage se félicite. Aussi sa mort brutale semble-t-elle d'autant plus injuste. *Il allait vivre heureux.* »

Repères chronologiques (1903-1923)

Les années d'enfance (1903-1916)

1903. — Naissance, le 18 juin, de Raymond Radiguet à Saint-Maur, non loin de Paris. Il est l'aîné de six frères et sœurs. Son père, Maurice Radiguet, est un caricaturiste connu.

1913. — Radiguet quitte l'école communale de Saint-Maur pour entrer au lycée Charlemagne à Paris. Il lit beaucoup et compose ses premiers poèmes. Le 13 juillet, il assiste à la crise de folie de la bonne qui travaille dans la maison voisine de celle de ses parents, à Saint-Maur. L'épisode resurgira dans *Le Diable au corps.*

1914. — En juin, il assiste, dans une île de la Marne nommée l'île d'Amour, à la mort tragique d'une jeune fille faisant de la balançoire avec son fiancé. Apprenant plus tard la mort du fiancé pendant la guerre, Radiguet notera dans ses Carnets : « De telles leçons, de tels exemples vous ordonnent de penser à la fatalité. Et après de tels spectacles, et encore plus celui de la guerre, celui qui a charge d'êtres, un romancier, sent bien qu'il n'est pas libre toujours de trouver pour ses personnages le dénouement qui lui plaît, qui lui chante. C'est ainsi que souvent la mort d'un personnage qui nous semble inutile fut commandée de cette façon arbitraire, oui,

Saint-Maur au début du siècle.

comme la fatalité, pour ceux qui n'ont pas le sens du fatum antique, qui ne savent pas dès le début d'un roman que le héros doit mourir. »
La première guerre mondiale débute le 28 juillet.

Le temps des rencontres (1917-1920)

1917. — Dans le train Paris-Saint-Maur, Radiguet fait, en avril, la connaissance d'Alice, une jeune femme de vingt-quatre ans, qui voyage souvent en compagnie du père du futur romancier. Alice est depuis peu mariée à Gaston S. qui combat sur le front et dont les permissions sont rares. Une liaison s'engage entre Alice et Raymond Radiguet qui a tout juste quatorze ans.
Alors qu'il porte les caricatures de son père au journal *L'Intransigeant*, le jeune Radiguet rencontre le poète André Salmon à qui il montre ses premiers vers.

173

1918. — Il fréquente les milieux de Montparnasse, rencontre Max Jacob, donne des poèmes et des contes dans *Le Canard enchaîné* (sous le pseudonyme de Rajky) et dans la revue d'avant-garde *Sic*. Il réalise également des reportages pour *L'Heure* et *L'Éveil*, et assure le secrétariat de rédaction du journal *Le Rire*.

1919. — Il étend ses collaborations aux revues *Dada* (de Tristan Tzara) et *Littérature* (d'André Breton). Le 8 juin, il récite ses poèmes lors de la matinée organisée par Max Jacob à la mémoire d'Apollinaire, décédé l'année précédente.

Mais Radiguet vit surtout depuis quelques mois dans le compagnonnage amoureux de Jean Cocteau qui, âgé de trente ans, est son aîné de quatorze années. Cocteau l'introduit dans de nombreux cercles parisiens où il rencontre Paul Morand, Jean et Valentine Hugo, et le musicien Erik Satie.

1920. — Radiguet participe à toutes les activités de Jean Cocteau : il assiste, en février, à la Comédie des Champs-Élysées, au lancement du *Bœuf sur le toit*, ballet-pantomime de Cocteau et Darius Milhaud, et, en juin, à la fondation de la revue *Le Coq* qui rassemble, autour de Cocteau, ses amis musiciens, Georges Auric, Francis Poulenc et Erik Satie. Il écrit avec Cocteau le livret d'un opéra-comique, *Paul et Virginie*, dont Satie devait composer la musique. Radiguet écrit également une comédie, *Les Pélicans*, pour laquelle Georges Auric composera une musique. Mais il publie surtout *Les Joues en feu*, recueil de poèmes qu'illustre Jean Hugo.

Si Radiguet vit dans l'orbite de Cocteau, grâce à qui il rencontre la poétesse Anna de Noailles, il n'en a pas moins une liaison avec Béatrice Hastings, le modèle de Modigliani.

Portrait de Radiguet.

Le génie romanesque (1921-1923)

1921. — Radiguet fait au printemps un séjour à Car-
queiranne dans le Var ; il y écrit une nouvelle,
Denise. De retour à Paris, il assiste en mai, au
théâtre Michel, à trois représentations d'un
spectacle qui inclut sa comédie *Les Pélicans*, et
Le Gendarme incompris qu'il a composé en col-
laboration avec Poulenc et Cocteau. C'est en
compagnie de ce dernier qu'il passe l'été, en

Auvergne d'abord, puis au Piquey sur le bassin d'Arcachon. Au cours de cette période fructueuse, il compose de nouveaux poèmes (qui seront publiés sous le titre *Devoirs de vacances*) et écrit surtout la première version du *Diable au corps*.

1922. — Cocteau lit, le 3 mars, les premières pages du *Diable au corps* à l'éditeur Bernard Grasset. Le contrat est signé dès le 15 mars. Mais le roman sera travaillé et retravaillé tout au long de l'année avec l'aide de Jean Cocteau, notamment entre le mois de mai et le mois d'octobre que les deux hommes passent dans le Var, au Lavandou puis à Pramousquier. Dans la foulée, Radiguet écrit la première version du *Bal du comte d'Orgel*, tout en envoyant des textes au *Gaulois* et aux *Feuilles libres*.

De retour à Paris, Radiguet assiste en novembre, avec Cocteau, aux obsèques de Marcel Proust.

1923. — Il remet en janvier le manuscrit définitif du *Diable au corps* à Bernard Grasset qui le publie en mars et lui assure d'emblée un tirage à 45 000 exemplaires. Après que Jean Cocteau a prononcé en mai, au Collège de France, une conférence intitulée « D'un ordre considéré comme une anarchie » et qui est un hommage à Radiguet, *Le Diable au corps* se voit attribuer le prix du Nouveau-Monde.

Radiguet qui se partage depuis quelque temps entre Cocteau et Bronia Perlmutter, femme qu'il a rencontrée au Bal Bullier, se remet à peine du lancement du *Diable au corps* (il s'est accordé seulement quelques jours de repos en Angleterre, avec Jean Cocteau, en avril), qu'il s'attelle déjà à la révision du *Bal du comte d'Orgel* au cours de l'été qu'il passe au Piquey, entouré de nombreux amis comme Georges Auric, Jean et Valentine Hugo, et aussi Jean Cocteau. Lorsque Radiguet rejoint, en octobre, à Paris, Bronia

Perlmutter, il est terrassé par une fièvre typhoïde. Transporté en novembre dans une clinique parisienne, rue Piccini, il meurt le 12 décembre, à vingt ans. Ses obsèques ont lieu le 14 en l'église Saint-Honoré d'Eylau.

Le Bal du comte d'Orgel ne paraîtra qu'en juillet 1924 avec une longue préface de Jean Cocteau.

BIBLIOGRAPHIE SUCCINCTE

I. — Œuvres de Radiguet

— *Œuvres complètes*, Genève, Slatkine, 1976.
— *Œuvres complètes*, édition de Chloé Radiguet et Julien Cendres, Paris, Stock, 1993.
— *Le Diable au corps*, Paris, Grasset, 1923 (édition originale, suivie de nombreuses rééditions).
— *Le Diable au corps*, édition de Bruno Vercier, Paris, G.F., 1986.
— *Le Diable au corps*, édition de Marc Dambre, Paris, Presses Pocket 1990.
— *Le Diable au corps*, postface de Christiane Blot-Labarrère, Paris, Seuil, coll. « L'École des lettres », 1993.

II. — Études sur Radiguet

BOILLAT, Gabriel : *Un maître de 17 ans, Raymond Radiguet*, Neuchâtel, La Baconnière, 1973.
BORGAL, Clément : *Radiguet*, Paris, Éditions universitaires, 1969.
BORGAL, Clément : *Radiguet. La nostalgie*, Paris, Presses universitaires de France, 1991.
BOTT, François : *Radiguet, l'enfant avec une canne*, Paris, Flammarion, 1995.
GIARDINA, Calogero : *L'Imaginaire dans les romans de Raymond Radiguet*, Paris, Didier-Erudition, 1991.

Goesch, Keith : *Raymond Radiguet*, Paris, Éditions de la Palatine, 1955.

Hugo, Jean : *Le Regard de la mémoire*, Arles, Actes Sud, 1984.

Noakes, David : *Raymond Radiguet*, Paris, Seghers, coll. « Poètes d'aujourd'hui », 1952 (rééditions).

Odouard, Nadia : *Les Années folles de Raymond Radiguet*, Paris, Seghers, 1973 (contient la première version du *Diable au corps*).

Sachs, Maurice : *Au temps du Bœuf sur le toit*, Paris, Éditions de la Nouvelle Revue critique, 1948.

Pour la biographie de R. Radiguet, on se reportera au livre de Monique Nemer, *Raymond Radiguet*, Fayard, 2002.

On pourra également consulter le n° 4 des *Cahiers Jean Cocteau*, Gallimard, 1973, et les livres où Cocteau évoque Radiguet (*Le Rappel à l'ordre*, 1926 ; *La Difficulté d'être*, 1947 et les *Entretiens* avec André Fraigneau, collection « 10/18 », 1965).

Table des illustrations

La Marne et l'île d'Amour, au début du XXe siècle. — Roger Viollet 14

Illustration de Suzanne Ballivet pour *Le Diable au corps*, 1948. — B.N.F. 18

Départ des troupes françaises en 1914. — Roger-Viollet 19

L'attentat de Sarajevo. *L'Illustration*, juillet 1914. — Roger-Viollet 22

Le lycée Henri-IV. — Roger-Viollet 29

Le jardin du Luxembourg. — Roger-Viollet 40

« *Marthe habitait J... »*. — Roger-Viollet 50

Micheline Presle et Gérard Philipe dans le film de Claude Autan-Lara, 1947. — Raymond Voinquel © Ministère de la Culture, France 96

Le faubourg Saint-Antoine, au début du XXe siècle. — Roger-Viollet 122

Illustration de Suzanne Ballivet pour *Le Diable au corps*, 1948. — B.N.F. 135

Ébauche autographe du *Diable au corps*. Bibliothèque Doucet, Paris 162

Le voyageur dans les glaces. Dessin de Jean Cocteau, ADAGP 165

Film de Marco Bellochio, 1986, avec Maruschka Detmers et Federico Pitzalis. — Collection Christophe L. 170

Saint-Maur au début du siècle. — Roger-Viollet . 173

Portrait de Radiguet. — Harlingue-Viollet 175

Table

Préface par Daniel Leuwers 7

LE DIABLE AU CORPS 13

COMMENTAIRES

Résumé du roman et chronologie historique 141

Originalité de l'œuvre 151
Les méandres de la cruauté 156
Le travail de l'écrivain 161
Le livre et son public 166
Maximes et aphorismes 169
Repères chronologiques 172
Bibliographie succincte 179

Table des illustrations 183

Raymond Radiguet
au Livre de Poche

Le Bal du comte d'Orgel   n° 435

Radiguet avait vingt ans quand il écrivit le *Bal du comte d'Orgel*. Le sujet ? Impossible de trouver plus conventionnel : le mari, la femme et l'ami de la famille. Mais la convention et la bienséance, ici, couvrent la plus trouble et la plus licencieuse des chastetés. Mme d'Orgel aime son mari qui lui retourne une aimable indifférence, mais qui va commencer de l'aimer « comme s'il avait fallu une convoitise pour lui en apprendre le prix ». Et c'est l'amour que François éprouve pour sa femme qui amène le comte d'Orgel à le préférer à tous ses autres amis. À partir de là, les sentiments évoluent, subtils, feutrés, étranges et comme étrangers aux êtres qu'ils habitent. « On s'effraie d'un enfant de vingt ans qui publierait un livre qu'on ne peut écrire à cet âge », dit Cocteau. À quoi Radiguet a répondu d'avance : « L'âge n'est rien... Les plus grands sont ceux qui parviennent à le faire oublier. »

Œuvres   La Pochothèque

Le Diable au corps / Le Bal du comte d'Orgel / Le Bonnet d'âne / Couleurs sans danger / Les Joues en feu / Devoirs de vacances / Le Pélican / Le Gendarme incompris / Une soirée mémorable.
Précédés de textes de Jean Cocteau et de Roger Nimier.

PAPIER À BASE DE
FIBRES CERTIFIÉES

Le Livre de Poche s'engage pour
l'environnement en réduisant
l'empreinte carbone de ses livres.
Celle de cet exemplaire est de :
200 g éq. CO$_2$
Rendez-vous sur
www.livredepoche-durable.fr

Composition réalisée par NORD COMPO

Achevé d'imprimer en juillet 2020, en France sur Presse Offset par
Maury Imprimeur – 45330 Malesherbes
N° d'imprimeur : 244960
Dépôt légal 1re publication : janvier 1967
Édition 64 – juillet 2020
LIBRAIRIE GÉNÉRALE FRANÇAISE – 21, rue du Montparnasse – 75298 Paris Cedex 06